BASTEI LÜBBE

CHRISTOPHER REED
im BASTEI-LÜBBE-Taschenbuchprogramm:

13 673 Die Katzen-Gang
13 800 Der Fluch der weißen Katze

Christopher Reed

DER FLUCH DER WEISSEN KATZE

Katzenkrimi

Ins Deutsche übertragen
von Michael Kubiak

BASTEI LÜBBE

BASTEI-LÜBBE-TASCHENBUCH
Band 13 800

Erste Auflage
Oktober 1996

Deutsche Lizenzausgabe 1996
Bastei-Verlag Gustav H. Lübbe
GmbH & Co., Bergisch Gladbach
Originaltitel:
The Curse Of The White Cat
Lektorat: Iris Schmidt
Titelbild: André Janout
Umschlaggestaltung:
Quadro Grafik, Bensberg
Satz: KCS GmbH,
Buchholz/Hamburg
Druck und Verarbeitung:
Brodard & Taupin,
La Flèche, Frankreich
Printed in France

ISBN 3-404-13800-7

KAPITEL 1

Der aus Kunststein hergestellte Torbogen öffnete sich einladend zur Schreckenskammer. Irgendein morbider Hang zur Dramatik sagte mir, daß dies der Ort sei, um ihm gegenüberzutreten. Vielleicht war ich verrückt. Aber ich war es leid, Leichen zu zählen. Von Bedeutung war jetzt einzig und allein, allem ein Ende zu bereiten. Hier. Jetzt. Im Wachsfigurenkabinett.

Ich machte ein paar leise und vorsichtige Schritte den Korridor hinunter. Ein Publikum böse dreinblickender Wasserspeier starrte aus schattigen Glassärgen, die die Wände säumten, auf mich herab. Da war der Mensch mit dem Wolfsschädel, ein schuppiger Seedrachen mit spitzen Flügeln und das Sumpfwesen, halb Fisch, halb Alptraum. Schön, daß ihr kommen konntet, Freunde. Hoffentlich gefällt euch das Spektakel. Diese Straßenkatze aus Fleisch und Blut will sich mit einem Dämon anlegen.

Ganz cool bleiben, sagte ich mir. Noch war es nicht vorbei. Sieh dich um, McCatty. Hier findet das Finale statt. Bald, sehr bald. Eine Spinne krabbelte über den Fußboden. Eine Motte flatterte um eine matte Notlampe herum und erzeugte tanzende Schatten auf den Wänden. Die Bewegung war störend. Ich sprang auf einen Trinkbrunnen, holte die Motte mit einem rechten Haken aus der Luft und verspeiste sie. Dabei fragte ich mich unwillkürlich, ob sie wohl meine letzte Mahlzeit war.

Da ich nichts anderes tun konnte, als zu warten, sah ich mich nach einem gemütlichen Plätzchen um. Ich wollte mich von oben auf ihn stürzen. Ein Buckliger aus Paraffin grinste mich von einer Plattform etwa zweieinhalb Meter über dem Fußboden an. Er lehnte sich derart an einen

Laternenpfahl, daß er einen guten Überblick über den Korridor gehabt hätte, wenn er echt gewesen wäre. Mit einem schnellen Satz gelangte ich auf seinen Buckel. Er schien nichts dagegen zu haben. Die muffige schwarze Wolle erinnerte mich an den Schuppen. Es erschien unglaublich, daß erst eine Woche seit dem Abend vergangen war, als alles angefangen hatte …

Es war eine jener Nächte, für die San Francisco berühmt ist, wenn einem die Luft so feucht vorkommt, daß man am liebsten in die Bucht springen würde, um sich ein wenig abzutrocknen. In Nächten wie dieser überläßt jede kluge Katze den Hunden die Straßen und sucht sich ein warmes Plätzchen. Ich war eine kluge Katze. Als Beweis hatte ich mich gerade in meinem Bett aus marineblauer Wolle niedergelassen. Es befand sich auf einem breiten Einlegeboden in einem vergessenen Uniformschrank im dritten Stock des alten Cablecar-Schuppens. Ich nannte ihn ›McCattys Schuppen‹. Er befand sich an der Ecke Jackson und Mason, wo Russian Hill in Chinatown übergeht. Der Schuppen gehörte mir seit drei Jahren. Die Northpoint-Streuner hatten ihn mir als Bezahlung für einen Reinigungsjob überlassen. Ein paar üble Katzen hatten einigen Einheimischen das Leben sauer gemacht, und die Streuner hatten mich engagiert, damit ich die Störenfriede in eine neue Gegend begleitete. Bei dem Job hatte mein Fell ein wenig gelitten, aber es hatte sich gelohnt. Es gab keinen einzigen Kater in North Beach, der nicht scharf auf den Schuppen gewesen wäre. Aber das war deren Problem.

Der alte Schuppen war die nächtliche Bleibe der Cablecars, die das Symbol San Franciscos darstellen. Die Fahrer und das Wartungspersonal hatten sich an mich gewöhnt, und einige von ihnen ließen mir sogar ab und zu eine Leckerei aus ihren Verpflegungsdosen zukommen. Nicht daß ich jemals auf ein Almosen scharf gewesen wäre. Daß der Schuppen ein so angenehmer Ort war, lag an seiner zahlreichen Mäusebevölkerung. Zu jeder Tages- und Nachtzeit war eine quiekende Mahlzeit nur einen schnellen Sprung entfernt.

Ich achtete auf Distanz zu den Menschen. Ich war nun mal eine Katze. Der einzige, zu dem ich überhaupt eine Beziehung unterhielt, war der große, stets freundlich blickende Nachtwächter. Ein besonders fähiger Wächter war er nicht gerade. Den größten Teil der Nacht verbrachte er schlafend in seinem Sessel. Aber er ließ mir häufig etwas Leckeres zurück, wenn seine Schicht frühmorgens zu Ende war. Wenn unsere Wege sich zufällig kreuzten, brummelte er einen freundlichen Gruß und deutete in eine Ecke, wo ich gewöhnlich ein halbes Thunfischsandwich mit wenig Mayo fand, genau so wie ich es gerne mag.

Viel Glück hatte ich mit den zweibeinigen Typen bisher nicht gehabt. Ich hatte schon früh gelernt, wie unberechenbar und sprunghaft sie sein können. Trotz all der Streichelei und Kuschelei und ihrem ›Komm doch, Fluffy, da hast du ein schönes Hühnerbein‹ weiß man nie, wann sie es auf einen abgesehen haben. Erst hantieren sie mit dem Dosenöffner herum, um einem ein Festessen zu spendieren, und schon in der nächsten Sekunde scheuchen sie einen mit dem Besen, um einen mit dem Abfall rauszufegen. Und weshalb? Vielleicht nur, weil sie vergessen haben, die Tür offenzulassen und man sich auf den Perserteppich erleichtert hat. Vielleicht hat es auch nichts mit einem selbst zu tun. Man war eben nur zur falschen Zeit am falschen Ort.

Es war nicht immer so, das wußte ich wohl. Eine schöne Burmesin, die ihre Familie mit mir teilen wollte, sagte mal, ich hätte es mit den Menschen niemals richtig ausprobiert. Sie hatte recht. Sie sagte, ich hätte Angst, daß es mir gefallen könnte, und damit hatte sie wahrscheinlich auch recht. Aber recht zu haben war die eine Sache, und ich selbst zu sein die andere.

Nicht daß ich es niemals verlockend gefunden hätte. Vor zwei Wochen hatte ich miterlebt, wie mein alter Kumpel Paws Pigosky sich in seiner neuen Bleibe häuslich einrichtete. Er war jetzt eine Hauskatze. Tischabfälle, offene Kamine, Katzenspielzeug. Als ich sah, wie er hinter dieser Haustür verschwand, und hörte, wie ein Dosenöffner den Deckel zu etwas Saftigem und Fleischigem aufschnitt, mußte ich ein Gefühl des Neids eingestehen. Aber es hielt nicht lange an. Ich lebte auf der Straße, seit ich größer war als eine Kakerlake, und ich glaube, das ist die Welt, in die ich gehöre. Paws würde eine gute Hauskatze abgeben, und ich freute mich für ihn. Ich hatte andere Tauben zu rupfen.

Es ist kein Zaunspaziergang, heutzutage eine Katze zu sein. Vor allem eine Stadtkatze. Viele meiner Mitfeliden brauchen ab und zu einen zusätzlichen Satz Krallen. Gewöhnlich kommen sie dann zu mir. Einige Katzen nennen mich einen Detektiv. Andere haben eine Menge anderer Namen für mich. Ich betrachte mich am liebsten als Katze, die sich um das Wohlergehen der Art sorgt. Ich habe in diesem Gewerbe eine Menge Freunde gewonnen und eine Menge Feinde. Es gibt eine lange Latte von üblen Katzen, die mich am liebsten schnurrhaaroben im Salzwasser treiben sehen würden.

Während der letzten zwei Monate hatte ich Persisches Roulette mit einem sabbernden Gestreiften namens Tabby Tonelli gespielt. Er gehörte zu den fetten Katzen der *Gato Nostro*, die im Bootshafen Rassekatzen schnappten und deren Fell gegen Hundezähne eintauschten. Mit der Hilfe einiger Freunde habe ich Tonelli zwischen die Krallen genommen und seine Organisation zerschlagen. Leicht war es nicht gewesen. Die Wunden waren noch nicht ganz verheilt, und ich war eine hundemüde Pussi. Ich brauchte Urlaub. Ich hatte ihn mir wirklich verdient. Aber ich hätte wissen müssen, daß es so einfach doch nicht läuft.

Eine weitgereiste Puss aus dem Importgeschäft hatte mir eine Passage zu einigen exotischen Südseehäfen angeboten, und ich steckte bis zu den Schnurrhaaren in einem tropischen Tagtraum, als eine süße, cremefarbene Kurzhaarige mit rotkehlchenroten Augen in den Schuppen geschlichen kam. Ich hab' 'ne Schwäche für Rotkehlchenrot, vor allem wenn es in einem derart hübschen Fell verpackt ist.

Ihr Name lautete Mimi. Sie war eine von den Katzen, zu denen ein Straßenstreuner wie ich immer nein sagen sollte, es aber niemals tut. Sie hatte lange, schlanke Läufe und ein Gesicht, für das man sich jederzeit prügeln konnte. Bei richtiger Beleuchtung konnte man unter ihrem Siammantel braune Tigerstreifen erkennen, und ihre Ohren und ihr Schweif sahen aus, als wären sie in dunkle Schokolade getaucht worden. Absolute Klasse. Sie erzählte mir etwas von einem alten Freund. Ich hörte das Wort ›Mord‹. Es fiel schwer, zu einer solchen Erscheinung nein zu sagen, aber ich verpaßte mir selbst ein paar mit der nassen Pfote und nannte ihr alle Gründe, weshalb ich ihr nicht helfen konnte. Dann legte sie mir die schwarze Kralle vor die Pfoten.

Zuerst dachte ich, daß es vielleicht keine Katzenkralle war. Auch andere Tiere hatten Krallen, von denen einige sogar so aussahen wie Katzenkrallen. Es gibt zum Beispiel eine Eulenart, die an den Füßen einen Satz Klauen besitzt, die fast so groß sind wie unsere. Aber diese Krallen stammten nicht von einer Eule. Es war schlicht und einfach eine Katzenkralle.

Na gut, einigen wir uns auf schlicht, aber nicht auf einfach. Es gibt auf der ganzen Erde keinen Feliden, der schwarze Krallen besitzt. Nicht einen.

Ich legte meinen Traumurlaub in jener überfüllten Hirnzone mit der Bezeichnung ›ein andermal‹ ab und forderte sie auf, mir die Geschichte zu erzählen. Sie handelte von einer zähen Katze namens Tiger Mike. Ich hatte vor zwei Jahren einen doppelten Hundejob für ihn erledigt. Er war ein patenter Kater. Er konnte mit seinen Krallen umgehen und war klug genug zu wissen, wann er um Hilfe bitten mußte. So wie Mimi es gehört hatte, hatte Mike gerade die letzten Fleischfetzen von einem fetten Schnapper in der Gasse hinter dem Washington-Fischmarkt vertilgt, als ihm die Kehle von einem Geist aufgeschlitzt wurde. Dabei handelte es sich jedoch keineswegs um ein Allerweltsgespenst. Denn dieses hatte nicht nur eine tote Katze hinterlassen, sondern es hatte auch einen Teil von sich selbst zurückgelassen. Nicht gerade die gängigste Geistertechnik.

»Ich hab' sie aus Mikes Kopf rausgezogen«, sagte sie, während sie die Kralle zu mir herüberschob. »Sie sollen rausfinden, was passiert ist.«

»Weshalb?«

»Weil er mein Vater war.«

Das war die letzte Antwort, die ich erwartet hatte. »Ziemlich ungewöhnlich für eine Katze, den eigenen Vater auch nur zu kennen, geschweige denn einen Kratzer für ihn zu empfinden.«

»Wir waren Freunde.«

Sie hatte keine Lust, das näher zu erklären, und ich entschied, es einstweilen auf sich beruhen zu lassen.

»Wann haben Sie Tiger Mike das letzte Mal lebend gesehen, Kätzchen?«

»Gestern abend erst«, sagte sie. »Er besuchte mich gegen Mitternacht.«

Ich schaute in die süßen, flehenden, blaßblauen Augen. Ich dachte an den toten Vater und an die Gerüchte von einem mordlustigen Geist. Eine schrille Stimme in meinem Hinterkopf riet mir: Laß die Krallen davon, McCatty. Du kannst nicht alles übernehmen. Denk dran, du brauchst Ruhe. Die Kralle erlaubte es nicht. Das glänzende schwarze Ding ließ mich in meiner Erinnerung nach etwas suchen, das mir immer wieder zu entgleiten schien. Es war so unwiderstehlich und schwer faßbar wie eine fettige Ratte. Ich kam nicht mehr davon los.

Ich untersuchte die Kralle etwas eingehender. Ein winziger Blutrest klebte an der Spitze, das Blut des Opfers. Aber das andere Ende war trocken. Zu trocken, um erst vor kurzem ausgerissen worden zu sein. Und an der Kralle haftete ein Geruch, der nicht von einer Katze stammte. Ein Geruch, der mir gar nicht gefiel. Ich schob das Ding unter einen Teppichfetzen, damit es nicht verlorenging, und winkte Mimi zu dem Loch in der alten Schranktür. »Kommen Sie, wir machen einen Spaziergang, Kleines.«

Während wir die drei Treppen zur Straße runterliefen, fragte ich Mimi, woher sie diese Geschichte von der Geisterkatze habe.

»Zwei Katzen auf der Straße erzählten, sie hätten einen riesigen Geisterkater gesehen. Schneeweiß, mit blutroten Augen. Zuerst wollte ich es nicht glauben, aber da war dieser Ausdruck auf ihren Gesichtern – sie haben wirklich etwas Schlimmes gesehen.«

Spätestens am Morgen würde die Nachricht von einem Killerspuk, der in North Beach umging, sich über die ganze Stadt verteilen wie Hundewitterung im Sommerwind. Ich hatte so etwas schon früher erlebt. Der Geist des Nepalesen der Hyde Street ließ die Hälfte aller Hauskatzen der Stadt über ein Jahr lang in ihren Flohhalsbändern zittern, ehe sie sich daran gewöhnt hatten. Ich höre immer noch gelegentlich, daß er gesichtet wurde, aber bisher hat er gegen niemanden die Pfote erhoben. Doch der Geist vom Fischmarkt hatte eine Leiche hinterlassen. Wie immer dachte ich mir, daß es eine simple Erklärung geben müßte, die in der Dunkelheit hockte wie eine blinde Maus und darauf wartete, von einem hartnäckigen Schnüffler wie mir erwischt zu werden.

Während wir wachsam durch die Nebenstraßen von North Beach streiften, fragte ich Mimi über ihre Beziehung zu Tiger Mike aus. Ich konnte ihre ungewöhnliche Familiengeschichte nicht so einfach ignorieren. Anfangs hatte sie gewisse Hemmungen.

»Ich wüßte nicht, was das mit seinem Tod zu tun hätte, Manx.«

»Sie vielleicht nicht, Kleines. Aber für einen Kater wie mich hat alles mit allem zu tun, klar? Wenn ich nachts nach Hause komme und eine Mülltonne steht nicht an ihrem alten Platz, dann möchte ich wissen, weshalb. Wenn ich dann noch fremde Pfotenabdrücke in der Nähe entdecke, kommt mir der Gedanke, daß sie vielleicht etwas mit der Mülltonne zu tun haben. Vielleicht auch nicht, aber diese Erklärungen von wegen Zufall haben mir schon immer die Schnurrhaare zucken lassen. Ich möchte fast wetten, daß es irgendwas in Mikes Vergangenheit gibt, das mit seinem Tod in Zusammenhang steht.«

»Na schön, Manx. Zwar hatte ich Mike versprochen, niemals darüber zu reden, aber da er nun tot ist … ich glaube, dann ist es sowieso egal. Meine Mutter wohnte in einem Haus oben auf dem Telegraph Hill. Mike war der Vater ihres Wurfs. Ich hatte drei Schwestern und einen Bruder. Im Garten, ein Stück bergauf, stand ein Baum, und Mike hockte immer auf einem der unteren Äste und beobachtete uns. Meine Mutter ließ ihn nicht näher ran. Wir hatten Angst vor ihm, aber er hat uns nie etwas getan. Er hat uns nur beobachtet. Alles war prima, bis wir sieben Wochen alt waren. Unsere Menschen suchten ein Zuhause für uns, aber ich glaube, sie haben sich nicht übermäßig angestrengt, und es klappte nicht. Eine meiner Schwestern kam zu einem Nachbarn, aber das war auch schon alles, was sie schafften.

Eines Nachts ging meine Mutter in die Stadt. Wenig später kam sie zurück, und Mike war bei ihr. Zusammen holten sie uns weg, einen nach dem anderen. Ich habe keine Ahnung, wohin sie die anderen brachten, aber ich kam zu Caruso's.«

Caruso's war eine Bar in der Columbus, die berühmt war für ihre Musikbox. Sie spielte nichts anderes als Opernarien.

»Seitdem habe ich meine Mutter nicht mehr gesehen, aber wie ich hörte, soll sie immer noch im selben Haus leben.

Ich denke, sie wußten genau, was sie taten, denn das Personal in der Bar nahm mich auf und zog mich groß. Mike kam regelmäßig vorbei, um sich zu vergewissern, daß es mir gutging. Ungefähr ein Jahr später, als ich begriff, wie seltsam das war, fragte ich ihn danach. Er antwortete, er wolle nur nicht, daß wir in falsche Hände kommen. Ich wollte wissen, was er damit meinte, aber er sagte nur, das brauche mich nicht zu interessieren. Also fragte ich ihn nicht mehr. Ich glaube, das ist alles.«

Es war zwar nicht gerade die seltsamste Geschichte, die ich je gehört hatte, aber sie gehörte sicherlich mit auf die Liste. Noch nie im Leben hatte ich von einem Kater gehört, der sich einen Hundeknochen darum scherte, wie es seinen Nachkommen erging, geschweige denn daß er sich die Mühe machte, ein Heim für sie zu suchen. Der Fall war noch keine Stunde alt, und schon fing er an, mir das Fell gegen den Strich zu kämmen. Vielleicht war es aber auch nur die Stimme in meinem Hinterkopf, die immer noch versuchte, mir klarzumachen, daß ich eigentlich ganz woanders sein sollte.

KAPITEL 2

Die Luft an einem Ort, an dem ein Mord stattgefunden hat, ist immer mit einer seltsamen elektrischen Spannung erfüllt, und Mimi und ich spürten sie deutlich, als wir durch eine Gasse in Old Chinatown langsam in Richtung Fischmarkt trotteten. Der Odem des Todes vermischte sich mit dem Geruch von Kabeljauresten und Austernschalen. Der Himmel war mondlos. Nur das ferne Flackern einer defekten Straßenlaterne drang durch die Dunkelheit. Ich erhaschte einen kurzen Blick auf mehrere Augenpaare, kurz bevor sie hinter Kisten oder zwischen den verrosteten Blechplatten eines behelfsmäßigen Zauns verschwanden. Ich dachte mir, daß sie zu einigen hungrigen Streunern gehörten, die versuchten, die Gerüchte von einem Phantommörder zu verdrängen und soviel Mut aufzubringen, um zu den Abfallbehältern hinter dem Fischmarkt zurückzukehren.

Mimi wollte die Gasse nicht mehr betreten, und ich konnte es ihr nicht verdenken. Aber sie zuckte auch nicht zurück, als sie mir eine dunkle Nische neben einem Stapel leerer Fischkisten zeigte. Tiger Mike lag auf der Seite, nachdem das Leben durch einen Riß in seinem dicken Hals herausgeströmt war.

»Er hat sich noch nicht einmal gewehrt, Manx. Keine Katze hätte ihn so einfach fertigmachen können, es sei denn ...«

»Es sei denn, es war ein Geist? Nun mal langsam, Kleines. Im Augenblick ist das Ganze lediglich ein ziemlich häßlicher Gassenmord.«

»Und was ist mit der schwarzen Kralle?«

»Was soll damit sein? Vielleicht hat der Killer seine Pfote

in ein Tintenfaß getaucht. Wer war denn hier, als Sie herkamen?«

»Fuzzy Gus und Ratzo standen neben Mike. Ein Kater, den ich nicht kannte, balancierte oben auf dem Zaun. Ratzo und Gus erzählten, sie hätten eine riesige Geisterkatze gesehen. Plötzlich begann der Kater auf dem Zaun zu singen ... oder zu beten. Es war mir richtig unheimlich, und ich rief ihm zu, er solle aufhören. Er starrte mich an und sprang dann auf der anderen Seite vom Zaun herunter. Dann entdeckte ich die Kralle in Mikes Kopf und zog sie raus.«

»Dieser fremde Kater. Wie sah er aus?«

Sie überlegte einen Moment lang. »Mittelgroß, große gelbe und weiße Flecken und ein schwarzer Punkt im Gesicht, dicht unter dem rechten Auge.« Sie holte tief Luft. »Ich kann ihn nicht mehr ansehen, Manx.« Sie wandte sich ab und schlich in einen Schatten, ein paar Schritte entfernt, während ich die große Tigerkatze etwas eingehender untersuchte.

Es ist niemals leicht, so etwas gründlich zu erledigen, aber auf die eine oder andere Weise zahlt es sich am Ende für gewöhnlich aus. Mike war ein großer Kater, und so weit ich mich erinnern konnte, war er nicht so einfach einzuschüchtern. Ich konnte nicht begreifen, daß er nicht wenigstens ein, zwei Treffer gelandet hatte. Aber sein Fell war unversehrt, und seine Klauen waren sauber. Er war zweimal erwischt worden. Die Wunde auf dem Kopf, aus der Mimi die Kralle herausgezogen hatte, sah überaus seltsam aus.

Gewöhnlich ist es so, daß bei der Betrachtung jedes noch so kleinen Beweisstücks vor meinem geistigen Auge ein Bild entsteht, ein Bild von den Ereignissen, die abliefen, ehe der Tod zuschlug. Die Bilder sind immer die gleichen: die wilden, wütenden Augen, das Knurren und Fauchen, der Sekundenbruchteil der Entscheidung und die glückliche Hinterklaue, die voll die Ader trifft. Aber in Mikes Fall paßte, was ich sah, irgendwie nichts zusammen. Es war, als hätte er einfach nur dagesessen, völlig erstarrt, während jemand seinen Schädel packte, sein Gesicht zum schwarzen Himmel hochdrückte und mit einem einzigen Hieb sein Leben beendete. Es war seltsam. Sehr seltsam. Aber seltsame Dinge können einfache Erklärungen haben, und ich war gerade im Begriff, eine solche zu liefern. Da bemerkte ich seine Augen.

Ich habe schon in die Augen von mehr toten Feliden geschaut, als ich mich entsinnen kann, und ich habe in allen den gleichen resignierten Ausdruck gesehen. In Mikes Augen sah ich nur Entsetzen. Entsetzen und Traurigkeit – eine tiefe, quälende Traurigkeit, die ich nie vergessen werde.

An unserem Tod ist nichts Trauriges. Nicht bei Katzen. Mike mußte in diesem Moment irgend etwas gesehen oder gefühlt oder gewußt haben. Ich wollte herausbekommen, was es war, die schreckliche Kombination von Grauen und Trauer, und ich würde nicht eher ruhen, bis ich es wußte. Mimi holte mich aus meiner Trance. Sie schlug vor, daß wir ihre Bude aufsuchten und ein paar Schalen warme Milch schleckten. Sie brauchte nicht lange an meinen Schnurrhaaren zu zupfen.

Wir trabten am nördlichen Ende von Chinatown entlang und kehrten zum Pazifik und ins Zentrum von North Beach zurück. Obgleich ich ein paar Blocks davon entfernt wohnte, war North Beach mein Revier, meine Streunstrecke. Für mich war es der beste Teil von San Francisco. Es war zwar nicht mehr das, was es früher mal gewesen war, aber es war noch immer das pulsierende Herz der

Nacht. Ausrufer in glänzenden grünen Anzügen versuchten Touristen mit dem Versprechen kostenloser Drinks in die Stripteaseschuppen zu locken, eine Jazzband heizte einem Club ein, und der Geruch von Knoblauch verwandelte den Nebel in ein schwebendes Salatdressing.

Caruso's war eines der Relikte einer aussterbenden Art von Eckkneipen, die noch an die alte Klasse erinnerten. Die Musikbox hatte scheinbar mehrere Generationen lang Vierteldollars geschluckt und spielte immer und immer wieder sechsundvierzig verschiedene Arien aus etwa der gleichen Anzahl Opern. Es war völlig egal, wann man reinkam, stets hörte man im Hintergrund allerhöchste Dramatik. Wenn man für Opern nichts übrig hatte, ging man einfach nicht dorthin. Opern mochte ich nicht besonders. Aber Mimi hatte ich bisher auch nicht gekannt.

Sie schlenderte in den lärmerfüllten Gastraum, als gehörte ihr der Laden. Die Gäste quittierten ihr Erscheinen mit eifrigem Streicheln und einem Schwall von Komplimenten und Trinksprüchen. Einige boten ihr sogar Brocken von ihren Speisetellern an, die sie jedoch freundlich ignorierte. Große Menschenmengen sind nicht gerade meine Schüssel Milch, und zuerst reagierte ich nervös. Aber sie schienen nichts dagegen zu haben, daß ich mit reinkam. Während wir unseren Weg durch den Wald von Beinen suchten – Tischbeine, Stuhlbeine, menschliche Beine –, äußerte sich einer der etwas wackligeren Gäste ziemlich poetisch über das Leben geringerer Lebewesen. Mitten in seinem genuschelten Vortrag entschied er, daß Mimis schweifloser Freund sich recht gut als Demonstrationsobjekt eignete, und er bückte sich, um mich im Nacken zu packen. Modellstehen hatte mir eigentlich noch nie besonders zugesagt, daher nahm ich an seinem Finger einen kleinen chirurgischen Eingriff vor. Wir ließen die Schar Stuhlwärmer, die sich laut lachend über den unglücklichen Poeten amüsierten, zurück und schlüpften in einen Vorratsraum, wo zwei Schälchen mit frischer Sahne auf uns warteten.

Ich war beeindruckt. »Nicht schlecht, Kätzchen.«

»Giovanni, der Barkeeper«, erklärte sie. »Er kommt aus Venedig.«

Ich hatte das Gefühl, als müßte ich wissen, was das bedeutete. Ich glaube, ich hatte an dem Tag, als es durchgenommen wurde, die Schule geschwänzt. Sie schien sich darüber zu freuen, etwas zu meiner Bildung beitragen zu können. »Vor langer Zeit gab es dort eine Krankheit, die die Schwarze Pest genannt wurde. Sie wurde von Ratten übertragen.«

»Welche Krankheit wird das nicht?«

»An ihr starben sehr viele Menschen, außer in der Stadt Venedig. Die Katzen von Venedig hielten die Rattenplage in sicheren Grenzen, und die Stadt entkam der Pest. Seitdem werden wir – nun, von den Menschen, die von dort kommen, sehr geschätzt. Sie erzählen, daß die Katzen, die jetzt dort leben, geradezu königlich behandelt werden.«

»Es ist immer schön, wenn man geliebt wird.«

Sie lächelte. »Sie halten nicht viel von Menschen, nicht wahr? Hatten Sie jemals ein Haus?«

»Ich habe ein paar Monate ›liebes Kätzchen‹ gespielt, aber das ist nicht mein Stil. Ich habe mich mit Türen nie anfreunden können.«

»Und Sie haben keinen Schwanz«, meinte sie sinnend. Ihr Gesichtsausdruck wurde ernst. Der Small talk war vorbei. »Meinen Sie, Sie finden ihn, Manx? Denjenigen, der Mike getötet hat?«

Ich leerte schleckend eine der Milchschüsseln. »Vielleicht. Vielleicht auch nicht. Wie oft haben Sie ihn gesehen, Kleines?«

»Zweimal in der Woche. Jeder hier mochte ihn, und er war ganz verrückt nach Opern.«

»Ihm gefiel das Zeug? Ich hätte ihn niemals für besonders kultiviert gehalten. Ist Ihnen in letzter Zeit irgend etwas an seinem Verhalten aufgefallen, hat er etwas gesagt, was für ihn ungewöhnlich war? Hat irgend jemand ihm Schwierigkeiten gemacht?«

Sie ging ein Weile auf und ab, rekapitulierte in Gedanken die letzten Begegnungen mit Tiger Mike, schien aber nichts zu finden. »Er hatte die üblichen Kabbeleien mit anderen Katern in der Nachbarschaft, aber keine richtigen Feinde. Er hielt seinen Schweif sauber und kümmerte sich niemals um die Angelegenheiten anderer Kater. Ich kann mir nicht denken … Moment mal. Vor etwa einer Woche hat einer der Kunden seine Milch mit irischem Whisky aufgepeppt. Er war ein wenig angeschlagen und erzählte mir von einem Kater, der gerade gestorben war. Er hieß Bandido. Er schien über seinen Tod ziemlich erschüttert zu sein. Aber als ich ihn das nächste Mal sah und ihn danach fragte, leugnete er, einen Kater dieses Namens auch nur gekannt zu haben.«

»Hat er verraten, wo dieser Bandido gewohnt hat?« fragte ich.

»In der Mission. Meinen Sie, das ist wichtig?«

»Möglich, daß es überhaupt nicht weiterhilft. Aber ich habe nicht den Lidschlag einer Ratte als Hinweis, daher denke ich, kann ich genausogut dort anfangen.« Ich streckte mich und machte mich auf den Weg zur Hintertür. »Vielen Dank für die Milch, Kleines. Ob Menschen oder nicht, Sie haben es hier wirklich gut getroffen.«

Ich bog um eine Ecke und stand auf Schnurrhaardistanz einem geifernden, kartoffelgesichtigen Englischen Bulldog gegenüber. Er war genauso überrascht wie ich und machte ein paar Schritte zurück, während ich über die richtige Angriffsmethode nachdachte, um seine Fresse zu Pommes frites zu verarbeiten. Mimi schob sich dazwischen.

»Es ist schon in Ordnung, Manx. Das ist Caruso.«

»Natürlich ist er das.«

Der Hund war freundlicher, als sein Aussehen vermuten ließ. Aber er war immer noch ein Hund. »Hey, sind Sie Manx McCatty? Hab' schon von Ihnen gehört. Sie scheinen ja ein ziemlich zäher Kater zu sein, oder? Also ich hab' nichts gegen Katzen. Sie können Mimi fragen. Mögen Sie Opern?«

Ehe ich darauf antworten konnte, stimmte ein unermüdlicher Tenor in der Musikbox irgendeine Klage an, und Caruso, der Hund, beschloß, daraus ein Duett zu machen. Daraufhin fiel die gesamte Belegschaft mit ein. Ich sagte Mimi gute Nacht und nahm das Pflaster unter die Pfoten. Visionen von Phantomkatzen tauchten aus dunstigen Gassen auf und verschwanden wieder, während sich im Hintergrund Hunde und Menschen in musikalischen Träumereien verloren. Ich fragte mich, ob das Ende der Welt gekommen war.

KAPITEL 3

Ich schaffte es bis zum Mission District, als die letzten paar Menschen aus den Eckkneipen herausstolperten. Bars mit Namen wie La Gruta und El Gallo und Rosita's. Es war warm und schwül. Ich hatte vergessen, wie angenehm der Sommer auf dieser Seite der Stadt sein kann. Als Bewohner von North Beach verbrachte ich die meisten Sommernächte damit, unter einer kalten, klebrigen Nebeldecke durch die Straßen zu platschen und ab und zu stehenzubleiben, um mir den Schimmel vom Fell zu lecken.

Die Mission war anders. Die Berge schützten die Gegend vor dem Nebel, und für Katzen konnte das Klima nicht besser sein. Niemals zu heiß, niemals zu kalt. Eine Menge sonniger Ecken, ideal für ein Nachmittagsschläfchen und reichlich fette Ratten und Mäuse, die sorglos auf den Märkten und in den Lagerhäusern herumrannten. Ich hatte mehrmals daran gedacht, meine Markierung auf einen alten Speicher oder einen Lagerschuppen in der Mission zu setzen, aber es gab da ein Problem: Hunde.

Trotz all seiner Gemütlichkeit ist der Mission District mit einer größeren Ansammlung nicht angeleinter Knochenfresser infiziert als jeder andere Stadtteil. Einige streunen sogar als Rudel herum. Mit einem einzelnen sabbernden Streuner werde ich wohl fertig, aber es gibt nichts Ärgerlicheres, als einen Sprung von einer Abendmahlzeit entfernt zu sein, wenn plötzlich fünf oder sechs gierige Hunde auftauchen und ihre Zähne zu einer schnellen Runde Misch-die-Katze-auf fletschen.

Und in der Tat hatten die Mission Mousers mich vor zwei Jahren einmal um Hilfe gerufen, damit ich mir ein Rudel Drecksköter vornahm, die sich ihre Zähne an der örtlichen Katzenpopulation wetzten. Dingo Sniff und die Mission Mutts waren ein zäher Haufen. Sie nahmen mich mit zu einer Achterbahnfahrt durchs Hundeland, ehe ich ihre feuchten Nasen auf eine verführerische Fährte stieß und sie weiter auf einen Müllfrachter lockte, der unterwegs war, um seinen Inhalt in die Tiefe zu kippen. Damit versank das Hundeproblem der Mousers mit Dingo und seinen Fressern kopfüber im Wasser.

Zeitweise zumindest. Im vergangenen Jahr haben zwei neue Banden das Regiment übernommen, und jede Katze mit ein wenig Hirn hinter den Schnurrhaaren hielt sich in einer mondlosen Sommernacht tunlichst auf den Mauern und den Dächern.

Ich verschwand in einer stockfinsteren Gasse, kletterte auf der Feuerleiter bis aufs Dach der El Tigre Grocery and Taco Bar und beugte mich über die Kante, um zu sehen, was an der Ecke Mission und Twenty-First im Gange war. Ich wartete auf einen Kater namens Chili Boy. Die Mission ist eine ziemlich verschworene Gegend, und alle möglichen Katzen hätten mir was über Bandido stecken können. Doch Chili Boy hatte es sich zur Aufgabe gemacht, stets darüber informiert zu sein, was in der Nachbarschaft auch hinter den Kulissen lief. Wenn ihm irgendwas nicht gefiel, holte er sich für gewöhnlich jemanden, der sich darum kümmerte.

Ich hing etwa eine Stunde lang auf dem Dach herum und wollte mich gerade wieder in die Schatten verziehen und nachsehen, wen ich aus seinem Versteck locken konnte, als der Geruch von mexikanischer Küche plötzlich voll in meine Nase stieg. Ich drehte mich um und entdeckte Chili Boy, der auf der niedrigen Mauer stand, die über das Flachdach hinausragte. Er hatte eine kleine Tüte zwischen den Zähnen. Er ließ die Tüte auf die Teerpappe fallen und sprang hinterher. Sein überraschter Gesichtsausdruck, als er feststellte, daß das Dach schon besetzt war, verwandelte sich in ein breites, sattes Grinsen.

»Party-time, Baby! Chili Boy ist hier. Wenn ich gewußt hätte, daß Manx McCatty vorbeischaut, hätte ich noch eine zweite Portion scharfen Stoff besorgt. Aber ist auch so ganz cool, Mann, dann speisen wir heute abend eben etwas leichter. Außerdem hatte ich schon zwei Enchiladas und einen Chile Relleno.«

Er hob die Tüte auf und swingte zu mir rüber, wobei er ›El Gato Azul‹ summte.

»Schön, dich zu sehen, Chili Boy. Ich dachte schon, du wärst längst in Flammen aufgegangen.«

Er warf mir die Tüte rüber, und sie landete mit einem fetten Bums vor meinen Pfoten. Eine ganze Ladung Frijoles. »Hey, weißt du, was ich hier habe, Amigo? Einen Hühnchen-Burrito grande mit saurer Sahne und dazu ein paar Jalapeños. Wir ziehen uns den Imbiß rein, und dann schnüren wir rüber nach Potrero und rasieren ein paar Ohren. Was hältst du davon?«

Er schlitzte die Tüte mit einer scharfen Klaue auf, griff rein und holte ein in Alufolie gewickeltes Päckchen raus. Er fetzte die Folie auf und legte das scharfe Sandwich frei, griff zu, fischte sich ein großes Stück Zwiebel raus und verputzte es in einem Stück.

Bei Chili Boy hatte ich immer den Eindruck, daß er sich selbst marinierte, um irgendwann als Hauptgang in einem der Voodoorestaurants drüben im Fillmore serviert zu werden. Katze in Essig nach Art des Hauses.

»Vielleicht in meinem nächsten Leben, Chili Boy.«

»Bist du verrückt? Dir entgeht der beste Burrito in der Mission, Amigo, aber okay.« Er stürzte sich auf den dampfenden Mischmasch und redete weiter, den Mund voller Bohnen, Käse und Pfeffersauce. »Was liegt an, Manx? Ich hab' dich nicht mehr gesehen, seit du mir geholfen hast, diesen stinkenden Dingo-Sniff-Penner aus dem Weg zu schaffen.«

Darüber mußte ich lachen. Chili Boy war einer der Mouser, die mich zu diesem Job gerufen hatten, und sobald es richtig zur Sache ging, war er nirgendwo zu sehen gewesen. »Wie wär's, wenn du mir erzählst, was mit einem Kater namens Bandido passiert ist?«

Er vollführte eine abschneidende Geste über seine Kehle und stimmte mit vollem Mund eine gefühlvolle Version von ›Adios Muchacho‹ an. Ich mußte nachhaken.

»Wann?«

»Vor einer Woche, drüben im Park an der Dolores. Es war nicht gerade eine Überraschung. Bandido war ein Dieb. Jede Katze hätte ihn erwischen können. Er war ein Gauner. Gut, daß er tot ist.«

»Wir alle sind Diebe, Chili Boy. Was hat ihn so anders gemacht?«

»Ich will dir die Wahrheit sagen, Manx. Dieser Bandido war eine ganz seltsame Nummer. Er klaute und geriet ständig in irgendwelche Schwierigkeiten, und er wurde immer erwischt. Und ich meine wirklich immer, Amigo. Als wollte er erwischt werden, weißt du? Er war ein sehr trauriger Kater. Einmal hat er mir sogar erzählt, es sei ihm völlig egal. Es lohne sich für ihn sowieso nicht zu leben.«

»Weshalb sagte er das?«

»Woher soll ich das wissen? Irgendwas muß da gewesen sein. Schon lange her, denke ich. Wer weiß das schon.«

»Hat jemand gesehen, wie es ihn erwischt hat?«

»Zwei Katzen meinen, sie hätten einen großen weißen Geisterkater verschwinden sehen. Plemplem, die beiden. Die haben wohl zuviel Locoweed gefressen. Weshalb interessierst du dich denn so für Bandido, hä, Manx?«

»Einer anderen Katze wurde heute nacht oben in North Beach die Kehle aufgeschlitzt. Sie schien über Bandido

Bescheid gewußt zu haben. Ich dachte, es gibt da vielleicht eine Verbindung.« Ich erzählte Chili Boy nicht, daß auch die Zeugen in North Beach von einem Geist gesprochen hatten, obgleich das Gerücht in ein oder zwei Tagen sowieso zu ihm dringen würde.

»Gibt's bei Bandido irgendwas Besonderes, Chili Boy? Hatte er Freunde, die du kennst?«

»Freunde? Bandido?« Er lachte. »Nein, Amigo, nichts als Feinde. Einmal hat er von einem Kater erzählt, der im großen Park wohnt. Ich erinnere mich nicht mehr an seinen Namen, er klang wie Rocky oder Joker oder so.« Er warf einen Blick in den Taco-Karton und grinste. »Hey, Manx, jetzt paß mal auf!«

Er holte eine große grüne Jalapeño-Pepperoni hervor, steckte sie in den Mund und schluckte. Ich wartete. »Hiyaaaaa! Ijole! Santa Felina! Chiiiihuahua!« Chili Boy vollführte zwei Saltos rückwärts, tanzte auf den Vorderpfoten herum und sprang zum Schluß senkrecht in die Luft, um schließlich in einer sitzenden Position zu landen. Dabei hatte er ein absolut schwachsinniges Grinsen im Gesicht.

»Es gibt nur eine Sache, die noch besser ist als das, Manx.«

»Ich glaub's dir aufs Wort, Chili Boy. Danke für die Information. Wir sehen uns irgendwann, hoffe ich.«

»Adios, Amigo. Wenn du sonst noch was brauchst, laß es mich wissen, okay?«

»Okay.«

Ich huschte über die Feuerleiter in den Schatten eines Parkplatzes hinunter und wanderte über die Guerrero nach Westen. Es war ein weiter Weg bis zum großen Park, aber ich mußte mehr über Bandido erfahren, und sein Joker-Rocky-Kumpel schien meine einzige Möglichkeit zu sein. Lange wäre es nicht mehr dunkel, daher beschloß ich, die Vorteile der öffentlichen Verkehrsmittel zu nutzen und an der Ecke Market und Church auf eine Straßenbahn aufzuspringen.

Die meisten Menschen lagen jetzt im Bett, und die Nacht war still und friedlich. Eine kühle Brise wehte von der Bucht hoch. Es war etwa die Zeit, in der Mäuse sich aus ihrem Versteck wagen und in der Gosse herumschnüffeln. Ich hatte längere Zeit nicht mehr gespeist, und mein Magen knurrte. Ich beschloß, einfach über den Gehsteig zu streunen wie jeder wilde Kater und abzuwarten, was es zu holen gibt. Es war nicht gerade eine meiner besten Entscheidungen, die ich je getroffen hatte.

Sie tauchten hinter einer Reihe Mülltonnen auf und grinsten mich an, wie Hunde einen nun mal gerne mit gefletschten Zähnen angrinsen und dabei die Fangzähne im Schein der Straßenbeleuchtung funkeln lassen. Sie waren zu dritt. Rassenmäßig war bei ihnen nichts zu erkennen. Zu viele Narben und zuviel Dreck zwischen den paar Fellhaaren, die sie noch hatten. Einem fehlte ein ganzes Ohr, und ein anderer hatte ein milchig-weißes Auge. Ich habe schon tote Ratten getroffen, die gesünder aussahen. Sie ließen sich Zeit, taxierten mich ab, daher blieb ich ganz cool. Eine abrupte Bewegung, und die Jagd war eröffnet. Ich wollte mir eine günstige Position für einen Rückzug suchen und drehte mich, sehr vorsichtig und langsam, im Kreis. Ich war richtig stolz auf meine gekonnte Fußarbeit. Dann erschienen drei weitere von ihrer Sorte aus einem Kellerabgang und versperrten mir den Fluchtweg. Diese drei würden auch nicht lange fackeln. Sie waren bestens organisiert. Ich war wie eine liebeskranke Katze mitten in ihren Hinterhalt gelatscht. Das kommt davon, wenn man nur auf seinen Hunger achtet.

Sie leckten sich die Lefzen. Aber Hunde lecken sich

eigentlich immer die Lefzen. Um festzustellen, ob sie tatsächlich hungrig sind, muß man sich auf die Augenbrauen konzentrieren. Wenn die Brauen nach unten ziehen und nach innen auf die Schnauze deuten, dann kann man seine neun Leben darauf verwetten, daß Fido mehr im Sinn hat als nur einen kleinen Auflockerungssprint um den Block. Diesen Gossenkötern sah man schon an den Drecksvisagen an, was als Wunschmenü auf ihrer Speisekarte stand: Gassenkatze für sechs, aber ohne Schwanz.

Sie bildeten einen Halbkreis und rückten allmählich vor. Gier und Vorfreude spielten in ihrem gemeinen Grinsen. Ich war in die Enge getrieben, und das wußten sie. Sie hatten mich mitten im Block gestellt. Weit und breit keine Gasse und kein Baum in Sicht. Ich orientierte mich so schnell wie möglich in der Gegend und entdeckte schließlich, was ich suchte, auf der anderen Straßenseite. Die warmen Abende hatten einen Bewohner auf die Idee gebracht, nur die Fliegentür als Außentür geschlossen zu halten. Als daher die geifernden Köter nur noch einen Meter von ihrem Abendessen entfernt waren, sprang ich.

Jede andere Katze wäre wahrscheinlich wie ein flatterndes Huhn aus der Luft geholt worden, aber wenn man ein Manx ist, dann hat man lange, kräftige Hinterbeine mitbekommen, die einen in außergewöhnliche Höhen katapultieren können. Ich legte einen besonders guten Start hin und segelte hoch über ihre verblüfften Köpfe hinweg und landete gute drei Meter hinter ihnen. Blitzschnell waren sie hinter mir her, aber der Überraschungseffekt verschaffte mir genug Vorsprung, um die Straße zu überqueren und die Stufen raufzurennen. Ich prallte mit voller Wucht gegen die Fliegentür, und das Drahtgeflecht zerriß wie billiges Zeitungspapier. Ich landete in einem dunklen Flur, der zu meiner Freude von zwei schlafenden Dobermännern bewohnt wurde. Ich verpaßte jedem von ihnen einen

Nasenstüber und war schon wieder verschwunden, ehe sie begriffen, daß sie bluteten.

Ich bog am Ende der Diele um eine Ecke, während die sechs Straßenköter durch die Fliegentür stürmten und mit den wütenden Dobermännern zusammenstießen. Ich wäre gerne geblieben, um mir das Fest anzusehen, aber ich hatte noch einen vollen Terminplan vor mir und wollte noch vor Sonnenaufgang wieder in meiner Hütte sein. Während ich mich zur Rückseite des Hauses trollte, konnte ich über dem Lärm der tobenden Hunde menschliche Wutschreie ausmachen. Ich fand in der Küche eine weitere Fliegentür, schnitt mir ein Ausgangsloch und trat hinaus auf den Hinterhof.

Der Lärm der Hundeoper hallte durch die Nachbarschaft. Lichter gingen als Reaktion straßauf, straßab in den Fenstern an. Ich sprang auf eine Zaunkante und durchquerte zwei weitere Hinterhöfe, bis ich am Rand des Parks unweit der Mission Dolores stand. Der Geruch nach frisch gemähtem Gras wehte mir in die Nase und erzeugte ein angenehmes Kribbeln an meiner Wirbelsäule. Ein frisch gemähter Rasen weckt stets das kleine Kätzchen in mir. Für einen Moment spielte ich mit dem Gedanken an eine Runde ›Jag den Schatten‹. Dann fiel mir ein, daß Bandido hier der weißen Katze begegnet war. Die Versuchung verflog sehr schnell. Ich machte mich auf den Weg zur Market Street.

KAPITEL 4

Ich brauchte nur kurze Zeit zu warten, bis eine Straßenbahn aus dem Tunnel hervorratterte und stehenblieb. Ich ließ zuerst ein paar Menschen aussteigen und schlich dann zur kleinen Plattform am Ende des letzten Wagens. Ich sprang auf, als der Zug anruckte zu seiner Mitternachtsfahrt nach Ocean Beach.

Allein hätte ich zu viele Nächte gebraucht, um eine bestimmte Katze in diesem gepflegten Dschungel zu finden, den sie Golden-Gate-Park nannten, daher machte ich mich auf den Weg zum gelben Victorian an der Ecke Ninth und Cabrillo, um mit dem Fiddler zu reden. Dieses kurzhaarige schwarze Ungeheuer kannte jeden Quadratzentimeter des Parks und jedes Lebewesen darin. Besonders gern ärgerte er die Waschbären des Parks, und er war der einzige Kater in der Stadt, der sich das erlauben durfte. An dem Tag, an dem ich den Fiddler kennenlernte, hatte er gerade drei dieser ringelschwänzigen Müllfresser die Ohren abgeschnitten. Er wurde auf Anhieb zu einer Legende und einem guten Freund und hat mir seine helfende Kralle bei so manchem schwierigen Fall geliehen.

Er war jedoch mehr als nur ein Kämpfer. Fiddler war ein sehr ungewöhnlicher Kater. Er war schon zu Lebzeiten eine Sagengestalt geworden, und es gab sogar einige Katzen, die daran zweifelten, daß es ihn wirklich gab. Gerüchte besagten, daß er seinem eigenen Schatten davonlaufen und einfach verschwinden konnte, wann er wollte. Er verfügte auch über einige außergewöhnliche mentale Fähigkeiten. Er war ein erstklassiger Gedankenleser, etwas, das mir recht oft auf die Nerven ging. Ob er verschwinden konnte oder nicht, darüber ließe sich diskutieren. Ich hatte miterlebt, wie er es tatsächlich vollbrachte. Vielleicht handelte es sich um eine übernatürliche Gabe, vielleicht war es aber auch sein erstaunliches Tempo und seine Fähigkeit, Licht und Schatten zu nutzen. Mir war egal, was es war. Ich war nur froh, daß er immer auf meiner Seite stand.

Er lebte mit einer hübschen kleinen Schildpattkatze namens Poppyseed und zwei Menschen zusammen, aber die meiste Zeit strich er durch den Park und durch die umliegende Gegend. Es war nur eine vage Vermutung, daß er um diese Nachtzeit zu Hause war, aber er war meine einzige Hoffnung, Bandidos Kumpel zu finden.

Ich sprang aus dem Cablecar und lief an der Nordseite des Conservatory vorbei. Dann überquerte ich die McAllister und befand mich einen Block weiter auf der Cabrillo und damit mitten in Richmond. Nachdem ich durch die warme Mission gestreunt war, konnte ich kaum glauben, daß ich mich noch immer in derselben Stadt befand. Der Nebel war in diesem Teil so dicht, daß er einem vorkam wie ein besonders feiner Regen.

Ich balancierte eilig über ein paar Steinwände und Hecken, bis ich zu der kunterbunten Ansammlung von Brettern und Stangen gelangte, die als Zaun um Fiddlers Hinterhof diente. Es war immer ein Glücksspiel, einen soliden Zaunabschnitt zu finden, den man überklettern konnte. Ich hatte erneut Pech. Als ich auf ein Brett sprang, daß mir halbwegs zuverlässig erschienen war, hörte ich ein Knacken. Ich klammerte mich daran fest, während es auf ein liebevoll gepflegtes Gemüsebeet kippte und eine ganze Reihe Pfefferpflanzen flachdrückte. Hinter mir erklang eine Stimme.

»Raffiniert, Manx. Echt raffiniert.« Fiddler hockte neben einer Tomatenpflanze und schüttelte den Kopf. »Du weißt doch hoffentlich, wer nun wieder dafür verantwortlich gemacht wird, oder? Poppy ganz bestimmt nicht, soviel kann ich dir verraten.«

»Na schön, das nächste Mal klingle ich.«

»Kein Problem, Baby. Die Kinder mögen dich, das weißt du.«

»So spät in der Nacht habe ich meine Zweifel.«

»Gut, damit könntest du recht haben. Du willst wohl einen kleinen Spaziergang durch den Park machen, was, alter Freund?«

Der Fiddler besaß die Gabe zu wissen, was im Gange war, ehe es geschah, und das hat mir schon so manches Mal das Fell gesträubt. Aber ich mußte zugeben, daß es gelegentlich ganz willkommen gewesen war. »Ich brauche nur ein paar Infos und einige Tips, Kumpel. Du brauchst deswegen deine Pläne nicht zu ändern.«

»Hey, hast du Hunger, Manx? Die Kids haben Hühnerleber besorgt, und es ist noch ganz schön was übrig.«

Er zeigte mir die Schüssel auf einer Holzkiste neben der Hintertür, und da ich bei meinem Versuch, mir in der Mission einen Imbiß zu ergattern, gestört worden war, verputzte ich dankbar die köstlichen Leckerbissen.

Der Fiddler beschloß, mich mit seiner Hellsichtigkeit noch ein wenig mehr aus dem Konzept zu bringen. »Ich sehe einen Geist in deinen Augen, Manx. Du bist doch auf der Suche nach diesem mörderischen Phantom, nicht wahr?«

»Hast du irgendwelche Gerüchte gehört, oder willst du bei mir nur Eindruck schinden?«

»Ich hab' einiges über Tiger Mike gehört. Hab' ihn mal kennengelernt. Ein zäher Kater. Nicht so einfach, ihn abzuservieren, denke ich. Hoffentlich hat er sich anständig gewehrt.«

»Nichts da. Kein bißchen. Es ist schon seltsam. Ein anderer Kater wurde unten in der Mission getötet. Ein kleiner Dieb, den sie Bandido nannten.«

»Auch die Geisterkatze?«

»Ja. Aber irgendwas ist faul an der Sache. Ich krieg's aber nicht zwischen die Pfoten.«

Der Fiddler blieb stehen und betrachtete mich mit besorgtem Blick. »Ich habe Katzen, Waschbären. Hunde, Vögel und alle möglichen Reptilien und sonstiges Ungeziefer gejagt, das man sich vorstellen kann, Manx, also wird es wohl Zeit für was Neues. Für eine Geisterjagd zum Beispiel.«

»Ein Freund erzählt, Bandido kannte eine der Parkkatzen. Er soll Joker oder Rocky heißen.«

»Jockey vielleicht?«

»Versuchen kann man es ja mal«, sagte ich. »Kennst du ihn?«

»Klar«, erwiderte der Fiddler. »Ich kenne sie alle, Manx. Jockey ist ein stiller Kater. Ein Einzelgänger. Hat einen kleinen Heuschober drüben bei den Ställen.«

»Na prima, was meinst du, sollen wir mal in den Park rüberlaufen und Jockey einen Besuch abstatten?«

»Du klingst ja nicht gerade so, als seist du überzeugt, daß hier ein Geist umgeht, Manx.«

»Nun zieh schon los, du schwarzer Teufel. Und nimm das Ding aus meinem Gesicht.« Ich schlug nach seinem Schwanz, und er kicherte, als wir um die Hausecke bogen. »Willst du Poppyseed nicht gute Nacht sagen?«

»Sie ist nicht zu Hause. Sie ist ein wenig nervös und ist zu einem Katzenklatsch mit ein paar Frauen aus der Nachbarschaft. Aber in letzter Zeit ist jeder ein wenig nervös. Ich weiß auch nicht, woran das liegt. Hast du's schon bemerkt?«

»Ja. Ich dachte, es läge an mir.«

»Wie dem auch sei, sie meint, es brächte nichts, die ganze Zeit hier herumzuhängen, während ich im Park rumschleiche. Wahrscheinlich zieht sie im Augenblick meinen Namen durch sämtliche Mülleimer der Umgebung.«

»Der ist doch schon durch Schlimmeres gezogen worden, Fiddler.«

Wir vertrödelten keine Zeit auf der Straße. Uns blieben nur noch ein paar Stunden Dunkelheit, und keiner von uns beiden war scharf darauf, in den frühmorgendlichen Verkehr zu geraten. Wir gelangten durch ein Redwoodwäldchen in den Park, überquerten das Polofeld und liefen rüber zu den Ställen.

Als wir etwa die Hälfte des Feldes hinter uns hatten, hörten wir ein fernes Rumpeln. Es war kein Donner.

»Es kommt von den Ställen, Manx«, stellte Fiddler fest. »Mal sehen, was da los ist.«

Wir bewegten uns vorsichtig in Richtung der Unruhe. Der Lärm wurde lauter, je näher wir kamen. Jemand hatte die Pferde aufgeschreckt, und sie traten gegen ihre Boxentüren und wieherten aufgeregt. Ihre Panik nahm ständig zu. Der dichte Nebel umtanzte uns, und die Nacht erschien plötzlich von tödlicher Kälte erfüllt.

Ein alptraumhaftes Jaulen ließ uns mitten in der Bewegung erstarren. Auf den entsetzlichen Schrei folgte das Krachen splitternden Holzes und Hufgedonner.

Die Pferde kamen durch den geisterhaften Nebel auf uns zugerast wie riesige Phantome in einem schlechten Traum. Wir waren umringt von Hufen, die auf die Erde trommelten. Ich hatte mich noch nie so hilflos gefühlt. Mich streifte ein Tritt, der mich durch die Luft wirbelte. Mein Körper zuckte wie wild hin und her, um den Hufen und den herumfliegenden Steinen zu entgehen. Der Angriff erfolgte derart unvermittelt und überwältigend, daß er mir beinahe irreal vorkam. Mein Geist schien sich von meinem Körper zu lösen, und ich wurde zum Beobachter. Es war so, als schwebte ich über dem Wahnsinn, wo ich eine seltsame Art von Mitgefühl für den verzweifelten Katzenkörper entwickelte, der ständig hin und her sprang, um dem Huf mit seinem Namen darauf zu entkommen, der dazu bestimmt war, sein Leben auszulöschen. Dann kehrte ich wieder in meine zitternde Fellhülle zurück, überprüfte meine angegriffenen Sinne auf Hinweise, daß ich überlebt hatte.

Ich weiß nicht, wie lange ich auf dem aufgewühlten Rasen lag. Ich erinnere mich an Hufgetrappel, das in der Ferne verhallte, und ein Wiehern, das durch den Park schwebte. Ich rappelte mich hoch und nahm eine sorgfältige Überprüfung sämtlicher wichtiger Katzenteile vor. Irgendwie hatte ich das Ganze mit nicht mehr als nur ein paar Beulen und einem steifen Hals überstanden. Ich dachte, daß der Fiddler wohl kaum genausoviel Glück gehabt haben konnte. Ich wollte mich schon nach seinen Überresten umsehen, als er aus einer Vertiefung im Rasen auftauchte. Er streckte und reckte sich und kam zu mir herübergetrabt.

»Gut gemacht, Fiddler. Du hast sie tatsächlich laufen lassen.«

»Können wir den Blödsinn mal für einen Moment vergessen, Manx?«

»Na klar. Sehen wir lieber nach, was die Gäule so verrückt gemacht hat.«

Wir hatten gerade zwei Schritte getan, als wir erneut diesen entsetzlichen Schrei hörten.

Der Fiddler sah mich an. »Meinst du nicht auch, daß die Pferde nur ein kleines Vorspiel waren?«

Es erschien, ehe ich antworten konnte. Riesengroß. Weiß. Rotglühende Augen. Es richtete sich für einen kurzen Moment auf den Hinterbeinen auf und wischte mit einer blutigen Pfote durch die Luft. Zwischen den feuchten roten Ballen sprangen drei lange, tödliche Krallen heraus – schwarze Krallen. Es heulte erneut, ein grauenvoller, durchdringender Schrei. Es war der Wutschrei eines rasenden Dämons. Sein Mund blieb offen, verkündete stumm der Welt den Untergang. Aber es redete nicht. Es richtete seine brennenden Augen auf den Fiddler, und ich hörte, wie dem schwarzen Katerkörper zischend die Luft entwich. Dann schwang der monströse Schädel zu mir herum. Ich wußte, was ich in diesen Augen erblicken würde. Ich wollte es nicht glauben.

Aber als die roten Augen mich fixierten, durchfuhr mich die Wahrheit wie ein scharfes Messer. Die bohrende Frage hatte sich nicht in meinem Hinterkopf, sondern auf dem Grund meiner Seele bemerkbar gemacht, und die Antwort befand sich knapp zwei Meter vor mir und starrte hungrig auf meine Kehle. Ein weiterer schriller Schrei zerteilte den Nebel, und die Kreatur verschwand. Die Show war vorüber. Da war nichts mehr außer dem kalten Nebel und dem Dröhnen unseres eigenen Herzschlags, der immer noch ein schwindelerregendes Tempo vorlegte.

Fiddlers Stimme klang ein wenig seltsam. »Manx … Erinnerst du dich noch an die Geschichte –«

»Ja.«

Wir gingen schweigend weiter zu den Ställen. Die Tür war aufgebrochen und lag auf der Erde, zertrampelt und zertrümmert von hundert angsterfüllten Hufen. Im Stall selbst waren die Boxen zerborsten, und Blut klebte an Pfosten, wo Pferde sich das Fell bei ihrer verzweifelten Flucht aufgerissen hatten. Wir durchsuchten die Boxen sorgfältig. Wir waren beide nicht in der Stimmung für weitere Überraschungen. Die Bodendielen schienen noch immer zu vibrieren. Aber vielleicht war ich das auch selbst.

»Hier oben, Manx«, meldete der Fiddler sich von einem kleinen Heuboden in einer Ecke.

Ich stieg über die Leiter hinauf, wußte aber längst, was

ich finden würde. Ich hatte es schon in dem Moment gewußt, als ich das Blut an der Pfote der weißen Katze sah. Jockey lag am hinteren Ende, wo er verkrümmt an einem Heuballen lehnte. Seine Kehle war säuberlich von einem Ohr zum anderen aufgeschlitzt. Blut tränkte sein Brustfell und das Heu unter ihm. In seinen Augen lag das gleiche Grauen und die gleiche Traurigkeit, die ich schon in Tiger Mikes Augen gesehen hatte. Der unangenehme, unnatürliche Geruch, den ich an der schwarzen Kralle wahrgenommen hatte, hing in der Luft.

Der Fiddler ging hinüber und drückte sanft Jockeys Augen zu. Dann drehte er sich zu mir um. »Komm schon, Manx. Sehen wir zu, daß wir zur Cabrillo zurückkommen. Für Jockey ist es wohl vorbei.«

Er hatte recht. Für Jockey, für Bandido, für Tiger Mike war alles zu Ende. Für uns andere war es erst der Anfang.

KAPITEL 5

Am nächsten Tag saß ich im Schatten einer Kiefer in Fiddlers Garten, schnippte die Fliegen von meinen Ohren weg und kaute auf einem Grashalm. Er döste ein paar Schritte entfernt im warmen Sand vor sich hin und jagte Waschbären durch sein Traumland. Ich ging in Gedanken noch einmal alles durch. Mimi. Tiger Mike. Bandido. Die Pferdestampede. Jockey im Heu mit seinem Hals, der in einem gräßlichen roten Grinsen aufklaffte. Am häufigsten rief ich mir jedoch den Moment im Park ins Gedächtnis zurück, als ich in die bodenlosen Blutschächte geblickt hatte, als die die Augen der Höllenkatze mir erschienen waren.

Es gibt alte Kater, die die Geschichte so packend erzählen können, daß einem die Krallen einfrieren und die Schnurrhaare zucken, und man glaubt, daß schon der kleinste Riß im Asphalt der Eingang zur Hölle ist. Ich war noch nicht mal ein Jahr alt, als während eines Mitternachtstreffens ein alter einäugiger Geschichtenerzähler, den sie Hobo nannten, die Geschichte genau so erzählte. Hobo war ein ergrauter Bursche, der mehr Kerben in den Ohren hatte als Zähne im Maul, aber es gab weit und breit keine Katze, die so wie er Geschichten erzählen konnte. Ein Vollmond stand am Himmel, und etwa zehn von uns hatten sich eingefunden. Wir hockten auf einem weichen Stapel Fischmehldünger im hinteren Teil der San Francisco Nursery Supply Company an der Otis Street unten im Tenderloin. Wir genossen das kräftige Aroma der zermahlenen Fischteile und den Katzenzauber des Mondes, während Hobo, mit seiner Ochsenfroschstimme, uns die Fabel wie einen uralten schweren runden Stein vor die Nasen rollte.

»Es geschah zu einer Zeit, als Katzen die Nacht beherrschten und Hunde allenfalls rattengroße Fleischpakete und zu nichts anderem nütze waren als zu einem schnellen Imbiß.«

Die Vorstellung von caninen Horsd'œuvres ließ die Zuhörer applaudieren, aber Hobo mochte keine Unterbrechungen und brachte den Begeisterungsausbruch mit einem langen, kalten Blick aus seinem einzigen grünen Auge zum Verstummen.

»Damals war es gut für uns. Es gab mehr Mäuse, als man mit zwei Pfoten festhalten kann, und unsere Bäuche waren immer voll. Es war eine Zeit, in der Felina die Königin der Nacht war. Felina selbst, die pechschwarze Tochter der Nacht, die aus dem Licht der Sterne geboren wurde. Sie streunte über die Erde, wachte über uns alle, über alle Katzen, die die warme, tiefe Dunkelheit liebten. Aber eines Tages rumorte die Erde! Und brach auf! Und aus der Unterwelt kam wie ein Wurm ein anderer Kater hervorgekrochen! Er war riesengroß und gespenstisch weiß und hatte blutrote Augen. Aus jeder Pfote sprangen vier gefährliche schwarze Krallen heraus. Er hieß Cratch.«

Ein leises Fauchen lief durch Hobos gespanntes Publikum, unterbrochen von dem ein oder anderen Kätzchen, das atemlos ›Cratch‹ flüsterte.

»Cratch war verschlagen und stark und wollte nur das eine: die Herrschaft über die Nacht. Er wußte, daß die Dunkelheit ihm gehören würde, wenn er Felina tötete. Daher hüllte der weiße Teufel sich in ein gelbes Fell, das er einem Unschuldigen abgezogen hatte, und begab sich auf die Suche nach Felina. Er fand sie und machte ihr den Hof. Er war ein schlauer Teufel mit einer einschmeichelnden Zunge, und die wunderschöne Katzengöttin fiel beinahe auf seinen Schwindel herein. Aber eines Nachts, es war besonders dunkel, sah Felina, daß der gelbe Kater trotz der

Dunkelheit einen Schatten warf! Einen Schatten, der alles Leben zerstörte, auf das er fiel. Sie riß ihm die Tarnung vom Körper. »Cratch!« sagte sie. »So lange ich lebe, wirst du niemals über die Nacht herrschen!« Sie stürzte sich auf die verlogene Bestie. Jeder andere Kater wäre innerhalb eines Schnurrhaarzuckens vernichtet worden, aber Cratch war genauso stark, wie er böse war.

Die beiden Katzengötter griffen einander an, und ihr Blut ergoß sich auf die Erde. Dort, wo Felinas Blut hinfiel, erblühten üppige Wälder und wunderschöne Gärten. Aber wo Cratchs Blut versickerte, entstanden Wüsten, und Feuer verbrannte das Land. Der Kampf tobte drei Jahre lang, bis sie schließlich zum Rand einer riesigen Erdspalte gelangten. Es war die Erdspalte, aus der Cratch am Anfang hervorgekrochen war. Mit letzter Kraft schleuderte Felina den Dämonenkater zurück in den Abgrund und füllte das Loch mit den Bergen, die den Spalt säumten. Cratch war verschwunden und wieder in die Unterwelt verbannt. Aber sein Schatten war entkommen! Und dieser Schatten ist der düstere Todesgeist, der bis auf den heutigen Tag nachts sein Unwesen treibt.«

Wir alle fröstelten in jener Nacht, die uns plötzlich viel dunkler und kälter vorkam. Hobo fuhr fort:

»Die arme Felina hatte eine schreckliche Verletzung davongetragen, und sie konnte sehen, wie der Schatten auf sie zu schlich und näher und näher kam. Sie hatte keine Kraft mehr zum Kämpfen. Daher spuckte sie ihr letztes Blut zum Himmel, und neun Tropfen fielen auf jede Katze und schenkten uns die Fähigkeit, genauso oft dem Schatten des Todes zu entkommen, aber Cratch ist noch immer da unten, wo er gräbt und wühlt und immer noch einen Weg aus seinem Grab sucht, um sich wieder mit seinem Schatten zu vereinigen. Und sollte ihm dies gelingen, gibt es nichts, was ihn aufhalten könnte. Er wird zurückkommen, wenn kein Mond am Himmel steht und wenn Felinas Kräfte am schwächsten sind, und mit seinen brennenden roten Augen und seinen wilden schwarzen Krallen wird er um sich schlagen und töten und jeder Katze das Leben nehmen, bis er der alleinige Herr der Nacht ist.«

Niemand wagte zu atmen. Hobo hatte uns zu Stein erstarren lassen. Er beugte sich über den Düngerhaufen und stieß ein schrilles, lautes Miauen aus, das mich hochspringen und kopfüber in einem Blumentopf landen ließ. Alle anderen fielen vor Lachen um. Das Gelächter war eine willkommene Erlösung, aber es dauerte nicht lange. Die Katzen trollten sich in die Nacht und lauschten, ob die Erde rumorte.

Hobo sah mich an und kicherte. »So, kleiner McCatty, ich denke, wenn der Dämonenkater wirklich erscheint, dürftest du wohl der einzige sein, der es überlebt. Da du keinen Schwanz hast, wird Cratch dich höchstwahrscheinlich für ein zu groß geratenes Meerschweinchen halten.«

»Ich habe keine Angst vor ihm«, sagte ich und rannte in die Nacht. Ich zweifelte nicht daran, daß wenn der weiße Kater jemals auftauchen sollte, ich ihn in den Abgrund zurückschleudern würde, genau so wie Felina es getan hatte.

Ich versuchte den ganzen Tag, ein wenig Schlaf zu finden, aber die Erinnerung an Hobos Geschichte und das Heulen dieser weißen Katze kreisten ständig durch mein Hirn. Am Abend, als die Sonne unterging, gab ich es schließlich auf. Kühle Luft wehte vom Meer aufs Land und vertrieb den Nebel, und ein paar bernsteinfarbene Wolken türmten sich im Westen auf. Irgendwie hatte der Fiddler es geschafft, den ganzen Tag zu verschlafen. Poppyseed wußte, daß irgend etwas im Gange war, und hatte ihn mehrmals angestoßen, aber sie hatte ihren Gefährten zu keiner Reaktion ermuntern können.

Als der Fiddler schließlich aufwachte, streckte er seinen kräftigen schwarzen Körper am Baumstamm und schärfte seine Krallen. »Weißt du, Manx, ich hab' eigentlich nicht viel übrig für Märchen. Aber was wir gestern nacht im Park gesehen haben – das war verdammt noch mal nicht natürlich. Ich will ja nicht behaupten, daß Cratch aus seinem Erdloch herausgekommen ist und wieder anfängt, sein Unwesen zu treiben, aber es bringt einen doch zum Nachdenken, oder?«

Ich leistete ihm am Baumstamm Gesellschaft. »Okay, Kumpel, gehen wir einfach mal davon aus, daß die Prophezeiung eingetreten ist. Cratch ist wieder da. Weshalb ist er plötzlich so wählerisch? Drei Kater in drei verschiedenen Stadtteilen. Weshalb hat er gestern nicht auch noch dich und mich angegriffen? Und was ist mit dieser Kralle, die Mimi aus Mikes Schädel gezogen hat? Sicher, wir alle haben schon mal bei irgendwelchen Kämpfen eine Kralle verloren, aber würde Cratch so etwas passieren? Hm-hm. Ich weiß nicht, womit wir es hier zu tun haben, aber es ist ganz sicher kein Gespenst.«

»Ich glaube, du hast recht, Manx. Und ich habe außerdem das böse Gefühl, daß es, was immer es sein mag, damit noch nicht vorbei ist.«

Poppyseed kam durch die Tomatenpflanzen herangeschlichen und hockte sich hin. Sie funkelte uns an, als wären wir zwei unartige Katzenkinder, die soeben die Futterschüssel umgeworfen haben. Der Fiddler wollte etwas sagen, aber sie brachte ihn mit einem scharfen Blick zum Schweigen. »Ich will es nicht von dir hören: Manx soll mir erzählen, daß nichts Besonderes los ist, daß du gestern nur ein wenig frische Luft schnappen wolltest und zurückkamst, als wärest du einem Gespenst begegnet.«

Der Fiddler und ich warfen uns fragende Blicke zu. Mir wurde klar, daß wenn er bei dieser Sache mitmachte, Poppy auch Bescheid wissen mußte. Daher erzählte ich ihr die ganze Geschichte, von Tiger Mike bis zum bitteren Ende. Sie ließ sich nichts anmerken.

»Seltsam«, sagte sie. »Eine der Katzen bei unserem kleinen Treffen gestern abend hat Gerüchte von einer Phantomkatze aufgeschnappt. Und Soo Chong erwähnte etwas von einem leerstehenden Haus in der Fillmore, am Rand von Presidio, in dem ein weißes Gespenst umgeht. Sie sagen, daß das Unheil persönlich in den Straßen herumgeistert.«

»Ich höre es schon«, sagte Fiddler. »Old Cratch ist wieder da! Old Cratch ist wieder da!« Er kreuzte die Vorderpfoten, spuckte über die linke Schulter und lachte.

Katzen als Art sind eigentlich nicht abergläubisch. Einige von uns halten sich nur an die grundlegenden Weisheiten. Diese Unglücks-Geschichte zum Beispiel – friß niemals den Kopf einer weißen Ratte, spring niemals von der linken Hälfte eines Holztors herunter, schärf die Krallen niemals an einem viereckigen Pfosten – um nur ein paar dieser Regeln aufzuzählen. Darüber hinaus gibt es noch ein paar richtig versponnene Ideen, an die nur total ausgeflippte Katzenexemplare glauben. Meine Lieblingsgeschichte ist: Wenn man seinen eigenen Schwanz bei Vollmond entgegen dem Uhrzeigersinn jagt, kann man nicht mehr damit aufhören und stirbt schließlich an Erschöpfung.

Aber es gibt noch eine andere Art von Aberglauben, den alle Katzen ernst nehmen. Und wie jene namenlosen Befürchtungen vor unsichtbaren Dingen, gibt es Dinge, die uns bevorstehende Erdbeben oder Unwetter ankündigen, und diese Art von Aberglauben hat durchaus ihren Sinn für unser Überleben. Wenn man träumt, daß man eine fette Ratte belauert, und man wacht auf, ehe man sie erwischt hat, kann man die Jagd für einen ganzen Tag vergessen. So ist es nun mal. Keine Katze handelt dem zuwider oder stellt auch nur die Gültigkeit dieser Regel in Frage. Und dann gibt es da noch einen Schatten, der uns manchmal erscheint, ein Schatten, der keine eindeutige Herkunft zu haben scheint. Er taucht auf, verbirgt feste, greifbare Objekte, und jede Katze, die ihn sieht, bringt sich ohne zu zögern in Sicherheit. Es ist eine Warnung, die niemals ignoriert wird. Menschen, die dieses Verhalten beobachten, lachen uns aus, weil wir anscheinend vor nichts weglaufen, aber nichts könnte weiter von der Wahrheit entfernt sein.

Ich glaube nicht, daß es sich bei diesem Schatten um den von Cratch handelt, aber ich lebe schon zu lange mit einer in Fleisch und Blut übergegangenen Erinnerung an diese Legende. Ich wußte, daß die Gerüchte von einer weißen Monsterkatze die Urängste jeder Katze in der Stadt wecken würden. Es war ein starker, alter Stoff, und niemand war immun dagegen. Fiddler nicht, und ich auch nicht. Wenn ich nicht bald auf ein paar Antworten stieß, dann könnte es durchaus sein, daß der alte Cratch zurückgekommen war – die Katzen von San Francisco würden sich vor panischer Angst gegenseitig zerfleischen.

»Vielleicht sollten wir uns mal das verwunschene Haus ansehen, Manx«, schlug der Fiddler vor. »Möglich, daß wir Glück haben und diesen rotäugigen Geist erwischen, ehe er noch ein schlimmes Ding dreht.«

Poppy lächelte uns beide an. »Ich habe schon oft erlebt, daß ihr euch mit irgendwelchen häßlichen Dingen herumgeschlagen habt, und ich weiß, daß es einiges gibt, wovon ich nichts weiß und was mir auch egal ist. Aber diese Sache ist etwas anderes. Wenn ihr mich nicht mitmachen laßt, dann lauere ich euch auf und bearbeite eure Visagen, daß ihr euch selbst nicht mehr wiedererkennt.« Das Lächeln in ihrem Gesicht war verschwunden, und sie funkelte Fiddler drohend an. »Verstanden?«

Er fand das gar nicht witzig. »Ja, Pop, ich hab's gehört.«

Sie wandte sich um und entfernte sich, als der Fiddler plötzlich zusammenzuckte. Wir erstarrten alle. Er hatte auf der anderen Seite des Gartens, in der Ecke neben dem kleinen Geräteschuppen, eine Bewegung wahrgenommen. Poppy und ich warteten, während er lautlos durch die Ringelblumen und die Artischockenpflanzen glitt. In der Mitte des Wegs zum Schuppen hielt er inne, kauerte sich hin und hielt sich bereit.

Die Fremde sprang unter einer Schubkarre hervor, den Rücken zum Buckel gekrümmt, und starrte den Fiddler drohend an. Größenmäßig war an ihr nicht viel dran, und der Fiddler war überrascht – nicht über ihre Größe, sondern über ihren Mut. Er glättete sein Fell und hockte sich vor sie. Poppy und ich kamen langsam näher und setzten uns rechts und links von Fiddler hin.

»Was ist los, Baby?« erkundigte er sich ruhig.

»Er ist tot. Du hast ihn umgebracht!«

Die kleine Katze machte Anstalten, ihn anzuspringen, und ich dachte, daß wir nicht viel dagegen tun konnten.

Sie spannte ihre Hinterbeine an, aber ehe sie springen konnte, erwischte Poppyseed sie mit einer Links-Rechts-Kombination und nagelte sie auf die Erde. Ich hatte schon immer geahnt, daß Poppy keine Katze war, mit der man sich anlegen sollte. Jetzt wußte ich, weshalb.

Die kleine Katze wand sich unter ihren Pfoten, aber es hatte keinen Zweck. »Was hat Jockey Ihnen getan? Nennen Sie mir nur einen einzigen Grund.«

»Wir haben Jockey nicht getötet, Baby«, sagte der Fiddler. »Aber wir wüßten gerne, wer es war. Was meinen Sie, wenn wir uns mal in Ruhe darüber unterhalten?«

»Lügner! Sie wurden bei den Ställen gesehen. Sie haben die Pferde verscheucht und Jockey umgebracht!«

Poppy lockerte ihren Griff ein wenig und deutete auf mich und auf den Fiddler. »Die beiden haben Jockey nicht auf dem Gewissen. Wenn Sie sich jetzt ein wenig zusammenreißen könnten, besteht vielleicht die Möglichkeit, daß Sie den beiden helfen, den Mörder zu finden.« Die kleine Katze brach in Tränen aus. Poppy ließ sie los. »Tut mir leid, daß ich das tun mußte, Kleines, aber Sie hätten beinahe einen großen Fehler gemacht. Wie heißen Sie?«

»Rosie«, antwortete sie. Das hätte ich mir denken können. Sie war die röteste Katze, die ich je gesehen hatte. Klein, aber kein Kind mehr. Sie hatte ein dunkles, hübsches Gesicht, aber ihre auffälligsten Merkmale waren ihre beiden kleinen wie Rosenblüten geformten Ohren. Es war jene Art von Ohren, die einen verhungernden Kater seine letzte Mahlzeit vergessen lassen können.

»Daß wir in den Ställen waren, trifft zu«, sagte ich. »Aber Jockey war schon tot, als wir hinkamen. Wer hat uns denn weggehen sehen?«

Sie schniefte und wischte sich eine Träne aus dem Gesicht. »Meats und Chickey.«

Der Fiddler kicherte. »Meats und Chickey, ja? Die Mülltonnen-Brüder. Die beiden können schneller ein Gerücht in Umlauf setzen, als ein Hund dämlich sein kann. Waren Sie mit Jockey befreundet?«

»Jockey hatte keine Freunde, und er war noch nicht einmal besonders nett zu mir, aber er ließ mich an den Ställen herumstreunen. Ich wurde auf einer Farm geboren und liebe Heu und Pferde. Er beklagte sich ständig, daß ich dort war, aber ich konnte erkennen, daß er in Wirklichkeit nichts dagegen hatte. Vor kurzem hat er mich sogar zweimal angelächelt. Ich dachte schon, daß er anfing, mich ein wenig zu mögen, aber jetzt ist er tot.«

Irgendwie ergab das für mich keinen Sinn. »Da wird ein Kater, den Sie kaum kennen, umgebracht, und Sie riskieren Ihr Fell und stürzen sich auf den Fiddler?«

Sie zögerte, und ich hatte plötzlich eine Eingebung. »Kennen Sie einen Kater namens Bandido?«

Sie erstarrte. Ich verblüffte sie erneut. »Oder Tiger Mike?«

Ich dachte schon, ich hätte sie erwischt, aber sie hatte sich plötzlich wieder unter Kontrolle. »Ich glaube, Jockey hat den Namen Bandido einmal erwähnt. Aber ich kannte ihn nicht. Ich bin müde. Ich sollte jetzt nach Hause zurückkehren.«

Poppy sah mich und den Fiddler an. »Es wird Zeit, daß ihr beiden eure Runde macht, meint ihr nicht? Kommen Sie, Rosie. Hinten an der Tür steht eine Dose erstklassiger Lachs. Die genehmigen wir beide uns, ehe Sie sich auf den Weg machen.« Sie stieß Rosie leicht an. Rosie sah kurz zu Fiddler, dann wieder zu Boden und spazierte dann mit Poppy davon.

Als sie den Weg zur Hälfte hinter sich hatte, stoppte sie und drehte sich zu uns um. »Was für ein Monster hat Jockey das angetan?«

Ich hätte es ihr erzählen können. Aber ich befürchtete, daß sie mir glauben würde.

KAPITEL 6

Warum? Das war die Frage, die durch mein Hirn geisterte, während der Fiddler und ich durch die violette Abenddämmerung schnürten. Warum diese drei Katzen? Was hatten die drei gemeinsam, das so schrecklich war, daß es einen leibhaftigen Satan auf den Plan rief? Es gab eine Verbindung, dessen war ich mir sicher. Ich mußte mehr über die Vergangenheit in Erfahrung bringen und beschloß, mal nach North Beach zu laufen und Mimi einen Besuch abzustatten. Ich versuchte außerdem, den Fiddler zu überreden, sich mit Jockey zu beschäftigen, im Park herumzufragen, vielleicht sogar in Bandidos Revier in der Mission Erkundigungen einzuholen.

Das einzige Problem war, den Fiddler dazu zu bringen, das Spiel mitzuspielen. »Dieses Von-Gasse-zu-Gasse-rennen-und-Fragen-Stellen ist nicht mein Stil. Das weißt du, Manx.«

»Nun ja, schön, ich hätte auch was dagegen, meinen Stil zu ändern, nur um zu verhindern, daß ein paar unschuldigen Katzen die Kehle aufgeschlitzt wird.«

Er lachte. »So ist es recht, gib nur ganz allein mir die Schuld, McCatty. Ich weiß wirklich nicht, weshalb ich dauernd mit einem schwanzlosen Gossenpenner wie dir herumhänge.«

»Dein Leben wäre doch so langweilig wie Magermilch, wenn es mich nicht gäbe, Fiddler.«

»Da hast du wohl recht. Wenn es dich nicht gäbe, hätte ich gestern nacht wohl kaum das Glück gehabt, beinahe von Pferden zertrampelt zu werden.«

Wir suchten uns gerade einen Weg durch die düsteren Schatten eines Kirchhofs an der Ecke Balboa und Twelfth.

Ein Hund kläffte ganz in der Nähe, und ich versuchte festzustellen, aus welcher Richtung das Gekläff kam. Als ich mich wieder umdrehte, war der Fiddler verschwunden.

Von der Richmond nach North Beach zurückzukommen, war für eine Katze keine einfache Sache. Um den Weg in einer halbwegs vernünftigen Zeit zu Fuß zu schaffen, mußte man durch den Presidio, und ein Nachtspaziergang durch die alte Armeefestung schloß fast immer eine Begegnung mit Waschbären ein. Die Presidio-Bären hatten für unbefugte Besucher nicht viel übrig. Ich habe zu viele Geschichten von Katzen gehört, die reingingen, aber nicht mehr rauskamen. Der Fiddler mochte seinen Spaß daran haben, sich mit diesen Verrückten herumzuschlagen, ich hingegen verzichtete gerne auf derartige Freizeitprügeleien.

Daher entschied ich mich für eine andere Route, und das bedeutete auch eine andere Fortbewegungsart. Die beste und schnellste war das Taxi. Vor ein paar Jahren waren die Taxis von San Francisco mit wassergefüllten Gummistoßstangen ausgerüstet worden. Diese Stoßstangen waren breit, und man konnte sich ganz gut mit den Krallen festhalten, wodurch sie hinreichend sicher waren. Das große Risiko war der menschliche Faktor. Eine Katze legte ihr Schicksal in die Hände einer der gefährlichsten lebenden Kreaturen – nämlich eines Taxifahrers von San Francisco. Ich hatte genug Taxifahrten unternommen, um ausreichend Vertrauen in meine Fähigkeit setzen zu können, das richtige Taxi auszuwählen und genau zu wissen, wann ich am besten aufstieg und wieder absprang. Aber die Geschichte von Hack werde ich trotzdem nie vergessen.

Hack war ein Brocken mit schwarzen und weißen Flecken, der in zahlreichen menschlichen Haushalten in der City ein und aus ging. Er hatte begriffen, daß der gelegentliche Besucher am liebsten gesehen wird, daher bedachte er so viele Familien mit seiner warmen feliden Anwesenheit, daß seine Besuche stets als angenehme Überraschung empfunden wurden. Aber er nutzte diese Reaktionen niemals über Gebühr aus. Stets verschwand er wieder, solange der Wunsch bestand, ihn doch länger bei sich zu haben.

Um von Haus zu Haus zu gelangen, benutzte Hack immer das Taxi, und er war es auch, der mich mit dieser Annehmlichkeit vertraut machte. Das Problem war nur, daß Hack zu selbstsicher wurde und anfing, bestimmte positive Qualitäten seiner menschlichen Fahrer als selbstverständlich vorauszusetzen. Er entspannte sich, genoß die Fahrten, schlief manchmal bei seinen Trips durch die Stadt ein. Während eines dieser kleinen Nickerchen geschah es, daß sein Taxi von einem Autobus heckwärts heftig touchiert wurde. Der Wasserschwall, der explosionsartig aus der Stoßstange hochschoß, schleuderte Hack knapp zehn Meter in die Luft, durchnäßte ihn total und ließ ihn auf einem Bündel Hochspannungsleitungen landen. Die Lichter in der Nachbarschaft erloschen daraufhin für etwa zwei Stunden. Hacks Lichter hingegen gingen für immer aus.

Ich wartete an der Ecke California und Park Presidio unweit der Einfahrt zum Tunnel der Nineteenth Avenue. Taxis, die in Richtung Osten den Tunnel durchfahren, sind gewöhnlich auf der Rückfahrt zu den Hotels in der Lombard oder unten am Fisherman's Wharf. Ich brauchte ein Taxi, dessen Uhr lief. Wenn sie keine Fuhre haben, sind sie gewöhnlich noch unberechenbarer. Ich entschied mich für ein Taxi, dessen Fuhre aus einem alten, spindeldürren Menschen bestand, und dachte mir, daß der Fahrer vielleicht etwas rücksichtsvoller wäre. Er schlängelte sich durch den Verkehr wie ein tollwütiges Kaninchen und überfuhr ein halbes Dutzend roter Ampeln. Meine neun Leben rauschten vor meinem inneren Auge vorbei, während wir die Lombard runterfegten. Sein Ziel war ein billiges Motel an der Ecke Bay und Columbus. Er bremste, um in die Zufahrt einzubiegen, und ich lockerte meinen Griff. Ich dachte, ich sei sicher angekommen, bis er einen unerwarteten scharfen Schlenker um eine falsche Zierpalme herum beschrieb und mich in einen Garten aus Plastikkapuzinerkresse schleuderte. Ich rappelte mich mit wackligen Beinen auf, wünschte dem verrückten Taxifahrer für den Rest seines Lebens die Räude an den Hals und trabte die Columbus hinauf nach North Beach.

Als ich zur Opernbar kam, kauerte Caruso der Hund neben der Hintertür und starrte hinaus in die Nacht, als versuchte er sich darüber klarzuwerden, weshalb es dunkel wurde. Ich fragte ihn, ob er Mimi gesehen hätte.

»Sie ist vorne und läßt sich ein wenig von den Gästen streicheln. Sie können reingehen, wenn Sie wollen. Heute abend sind recht nette Leute da.«

»Ich warte lieber.«

»Sie mögen wohl keine Menschen, hm? Tiger Mike mochte sie auch nicht. Vor allem am Anfang.«

Es überraschte mich, daß Caruso eine so gute Beobachtungsgabe besaß. »Was meinen Sie, woher das kam, Caruso?«

»Keine Ahnung. Er hat mit mir niemals darüber geredet. Aber er ist einige Male ziemlich schnell von hier verschwunden. Und wie.«

Ich hatte nicht erwartet, daß bei diesem Fall auch ein menschlicher Aspekt eine Rolle spielen könnte, aber es war sinnvoll, jede Spur zu verfolgen. »Können Sie sich erinnern, ob er vor irgendwelchen speziellen Menschen weggelaufen ist?«

Er hob eine große unbeholfene Pfote und wischte sich

mehrmals über das Kinn. Beim dritten Mal verfehlte er es, verpaßte sich selbst einen Kinnhaken und kippte um. Er rutschte von der obersten Stufe, und knallte mit dem Kinn heftig auf die nächste. Ich hörte das Knacken, als seine Zähne aufeinanderschlugen. Er schüttelte den Kopf und kroch zu mir zurück.

»Mein Gott, ham Se das gesehen? Häh? Ham Se das gesehen? Ich hätt' mir glatt 'nen Zahn abbrechen können!«

Hunde schämen sich nicht so leicht wie Katzen.

»Worüber hatten wir gerade gesprochen?« fragte Caruso, während er seine fehlerhafte Pfote betrachtete.

»Tiger Mike.«

»Ach ja, Mike. Da waren die weißen Mäntel. Mike rannte stets vor den weißen Mänteln weg. Und vor den Straßenarbeitern.«

»Straßenarbeitern?«

»Die kennen Sie doch. Die Menschen, die Straßen aufgraben und alles durcheinanderbringen. Die Typen mochte er gar nicht.«

Hauskatzen verbringen genug erinnerungswürdige Momente bei Tierärzten, um eine gesunde Abneigung gegen jeden zu entwickeln, der einen weißen Mantel trägt. Aber Mike war eine Straßenkatze, und ich bezweifelte, daß er jemals bei einem Tierarzt gewesen war. Aber das mit den Arbeitern leuchtete mir erst recht nicht ein.

Eine Tür zum Vorratsraum ging auf, und Mimi tauchte in eine Wolke Zigarettenrauch gehüllt aus der Bar auf. Ich überließ Caruso seinen Grübeleien über den Ursprung der Dunkelheit und durchquerte den Raum, um Mimi zu begrüßen.

»Hi, Kleines. Wie lebt es sich in Venedig?«

»Nicht übel, Manx. Drei Shrimps und ein Hähnchenflügel.«

»Ist es drei Garnelen und einen Hähnchenflügel wert?«

»Warum kommen Sie nicht für ein paar Stunden her und finden es selbst heraus?«

»Heute habe ich keine Zeit.«

»Sie haben etwas herausbekommen, nicht wahr, Manx? Los, erzählen Sie.«

Caruso verließ seinen Platz auf dem Treppenabsatz und wackelte an uns vorbei in die Bar. Wahrscheinlich hatte er gehört, wie Mimi von ihrem Hähnchenflügel erzählt hatte, und wollte jetzt die Knochen suchen. Mimi folgte mir hinunter in die Gasse. Ich fühlte mich besser. Ich fühle mich unter freiem Himmel immer besser.

»Bandido wurde genauso getötet wie Mike. Desgleichen eine andere Katze. Ein Kater namens Jockey. Mike kannte Bandido, und Bandido kannte Jockey. Ich versuche, den Kreis zu schließen. Ich wette, Jockey kannte Mike.«

»Mir gegenüber hat er den Namen nie erwähnt«, sagte Mimi.

»Können Sie mir nicht den Weg zu Ihrem alten Haus auf dem Telegraph Hill erklären? Ich würde gerne mal mit Ihrer Mutter reden.«

»Da weiß ich noch was Besseres. Ich bringe Sie hin.«

Ich erklärte Mimi, es sei nicht nötig, daß sie mitging. Blutsbande werden im Leben jeder Katze zu irgendeinem unbestimmbaren Zeitpunkt gebrochen, und danach ist das beste, was man sich mit einem ›hi, Mom, ich bin wieder zu Hause‹ einhandeln kann, allenfalls Gleichgültigkeit. Weitaus häufiger ist ein Buckel und ein frischer Kratzer am Ohr. Aber sie wollte unbedingt helfen, und ich mußte zugeben, daß ich gegen ihre Gesellschaft nichts einzuwenden hatte.

Von Caruso's zum Telegraph Hill hochzusteigen ist normalerweise der reinste Spaziergang. Aber an einem Samstagabend ergibt sich ein großes Problem: der Broadway. Grelle Beleuchtung, Bürgersteige voll gedankenloser

Beine, die in harten, spitzen Schuhen enden, und endlose Verkehrsschlangen, in denen frustrierte Autofahrer ein besonderes Vergnügen dabei zu empfinden scheinen, wenn sie sich auf ihre Hupknöpfe stützen. Das reicht aus, um einer abgehärteten Straßenkatze den Schaum vors Maul zu treiben. Mimi war ein Barkatze. Sie war nicht daran gewöhnt, auf den Straßen herumzuziehen. Ich hoffte, daß sie es nicht bereute, mitgehen zu wollen. Die sicherste Stelle, um die Straße zu überqueren, befand sich einen Block von der Freeway-Abfahrt entfernt an der Ecke Sansome. Die Bürgersteige waren nicht so dicht bevölkert, und die Neonlichter waren nicht ganz so grell. Aber der Verkehr war genauso schlimm. Ich führte Mimi zur Ecke und bemerkte, wie sie beim Anblick der verstopften Straßenkreuzung erschauerte.

»Weshalb kehren Sie nicht um, Kleines? Es ist wirklich nicht nötig, daß Sie …«

»Nein. Es ist schon in Ordnung.«

Ein Ruck ging plötzlich durch den Verkehr, dann blieb die Schlange stehen. Das war unsere Chance. Manchmal mußte man viel länger warten, und ich war froh, daß Mimi nicht mehr Zeit hatte, über alles nachzudenken.

»Na, los«, entschied ich. Ich ging in Jagdhaltung, drückte den Bauch auf den Boden und huschte unter den Automobilen hindurch zur anderen Straßenseite. Ich konnte Mimi dicht hinter mir spüren, als wir uns unter heißen Auspuffrohren und schmierfettschwarzen Fahrzeugböden hindurchschlängelten. Das Geblöke der Hupen machte uns die Ohren schlapp und sorgte dafür, daß unsere Eingeweide sich krampfartig zusammenzogen. Der gegenüberliegende Bordstein kam in Sicht, und ich dachte für einen kurzen Moment, daß wir es geschafft hatten. Dann hörte ich das Motorrad. Es kam zwischen den Autoschlangen herangerast. Ich rettete mich mit einem

Sprung zum Bordstein, als die röhrende Maschine zwischen Mimi und mir hindurchbrauste. Wenn ich noch einen Schwanz besessen hätte, hätte ich ihn jetzt vom Asphalt kratzen können. Ich erreichte den Bürgersteig und wirbelte herum. Sie war zwei Fahrspuren weit entfernt, stand vor Angst völlig starr da, und der Verkehr kam wieder in Bewegung. Sie wußte nicht, welche Richtung sie einschlagen sollte. Ich hörte auf zu atmen, während ich sie erst in die eine, dann in die andere Richtung blicken sah, wobei sie erfolglos darüber nachdachte, was sie nun tun sollte. Das Ampellicht wechselte, und ein Pulk Automobile beschleunigte und rollte auf sie zu. Sie schaute zu mir. Ich lächelte und legte den Kopf schief, teilte ihr mit einem Zwinkern mit, sie solle doch zu mir kommen. Es funktionierte. Sie sprang vorwärts und entging nur knapp einem vorbeisirrenden Reifen. Ihr Schwanz wischte über ein Auspuffrohr, wobei einige Fellhaare versengt wurden. Sie überwand den Bordstein mit einem verzweifelten Satz und flüchtete an mir vorbei in eine schmale Gasse zwischen zwei Gebäuden. Ich brauchte einige Sekunden, um wieder normal atmen zu können, dann folgte ich ihr.

Sie kauerte zwischen einigen Holzkisten und starrte blicklos auf eine Hauswand. Ihr Atem ging schnell und mühsam, und ich hätte schwören können, daß ich ihren Herzschlag hörte. Vielleicht war es aber auch mein eigener. Eine Katze braucht etwa drei bis fünf Minuten, um einen solchen Zustand der Panik zu überwinden, und man kann ihr überhaupt nicht dabei helfen. Ich ließ ihr Zeit, sich zu erholen, und kehrte auf den Gehsteig zurück. Eine Sache gab es, die ihr helfen könnte, ihren Schockzustand schneller zu überwinden. Etwas Eßbares.

An der Ecke befand sich die Asti Brothers' Grocery. Ich schnürte über den Gehsteig und lugte um den Türpfosten der Ladentür herum. Knoblauchduft drang mir in die

Nase. Carlo Asti, der fettere der beiden fetten Brüder, stand hinten in der Fleischabteilung und schnitt gerade Salami für einen Kunden. Ich kroch unter dem Süßwarenregal her und angelte zwei Riegel getrocknetes Rindfleisch aus einem Plastikbehälter. Blitzschnell stand ich wieder auf der Straße.

Mimi wartete an derselben Stelle, wo ich sie zurückgelassen hatte. Sie zitterte noch, aber ihr Atem ging wieder normal. Ich legte einen der Streifen Trockenfleisch vor ihr auf die Erde, und sie stürzte sich darauf, als könnte sie nur gerettet werden, wenn sie ihn gierig verschlang. Keiner von uns beiden gab während der Mahlzeit einen Laut von sich. Als wir fertig waren, richtete sie sich auf, streckte sich, warf einen Blick auf die Straße und sah mich dann fragend an.

»Können Sie sich an so etwas gewöhnen, Manx?«

»Wenn man sich nicht daran gewöhnt, ist man schnell eine tote Katze.«

»Ich dachte, das Motorrad …, daß Sie …«

»Kein Problem. Ich hab' keinen Schwanz mehr. Sollen wir jetzt nicht lieber weitergehen, Kleines?«

Die nördliche Seite dieses Broadway-Abschnitts berührte den Telegraph Hill. Eine zehn Meter hohe Schutzmauer sorgte dafür, daß der Hang des Hill nicht abrutschte und sich auf die Gebäude darunter ergoß. Um auf den Gipfel des Telegraph zu gelangen, mußte man ein paar Blocks zurück in Richtung Columbus gehen. Ich wollte starten, aber Mimi bremste mich.

»Warten Sie. Ich kenne da eine Abkürzung.«

Als ich das letzte Mal eine Abkürzung genommen hatte, die mir von jemand anderem empfohlen worden war, wachte ich in Gilroy auf und mußte feststellen, daß jemand mir Konservendosen an die Beine gebunden hatte. Seitdem suche ich mir meine Wege lieber selbst. Vor allem in meinem eigenen Revier. Aber Mimi hatte schon einen harten Tag hinter sich, daher ließ ich sie gewähren.

Sie führte mich um ein altes Apartmenthaus herum. Auf seiner Rückseite befand sich ein stählerner Lichtmast, der über die Krone der Schutzmauer hinausragte. Eine alte Trompetenblume rankte sich an dem Mast empor, spannte sich hinüber zu einem Zaun und schlängelte sich knapp zehn Meter weit an seiner Oberkante entlang. Die Pflanze hatte eine rauhe Rinde, die das Klettern erleichterte, und wir waren innerhalb weniger Sekunden auf dem Telegraphenmast. Ich bedankte mich bei Mimi, daß sie mir diese Abkürzung gezeigt hatte.

Wir waren nur anderthalb Blocks von Mimis Geburtsort entfernt. Das alte zweistöckige Haus im georgianischen Stil stand in der Union Street. Wir kletterten über einen zwei Meter hohen Holzzaun und gelangten in den Vorgarten. Die Lampe über der Haustür brannte, und ein drahtiger, wachsamer Terrier hockte auf der obersten Stufe. Zwischen seinen Zähnen steckte eine Ausgabe der Abendzeitung.

»Das ist Jiggs«, erklärte Mimi. »Er beherrscht einige Zaubertricks.«

»Wie schön für Jiggs. Ich wette, er jagt auch Katzen.«

»Das ist seine liebste Freizeitbeschäftigung. Die Menschen sind immer noch außer Haus, sonst würde er nicht mit dieser dämlichen Zeitung in der Schnauze da hocken. Früher war immer ein Fenster im oberen Stockwerk offen. Ich werde Jiggs jetzt zu einer kleinen Hetzjagd hinters Haus locken, während Sie sich an die Arbeit machen. Ich empfehle Ihnen den Vordachpfeiler, um in den ersten Stock zu gelangen.«

»Stimmt. Erzählen Sie mir von Ihrer Mutter.«

»Sie heißt Ching. Sie ist eine Siamesin, groß, und mit ihr ist nicht zu spaßen.«

»Wir treffen uns in Kürze hinterm Haus wieder.«

Mimi sprang von der Mauer herab. Sie schlenderte kühl und lässig zu Jiggs' Wasserschüssel hinüber. Dann, während sie ihn herausfordernd musterte, schob sie eine lange Kralle darunter, schnippte die Schüssel zwischen die Stiefmütterchen und raste mit einem Affenzahn um die Hausecke herum. Jiggs sprangen beinahe die Augen aus dem Kopf, und er rannte hinter ihr her. Dabei versuchte er mit der Zeitung in der Schnauze zu bellen, die offenbar zu wichtig war, um sie fallen zu lassen.

Ich kletterte an dem Pfosten empor, der das Vordach stützte, und zog mich auf den kleinen Überhang hoch, der unterhalb der Fenster im zweiten Stock rund um das Haus verlief. Ich fand ein offenes Fenster und lugte vorsichtig hinein. Ein dunkles Zimmer, nicht besetzt. Ein nur schwacher Katzengeruch. Der Hundegeruch war überwältigend. Ich sprang auf den Fenstersims und ins Zimmer. Licht fiel durch eine halbgeöffnete Tür, die auf den Flur des zweiten Stocks führte. Ich schob mich langsam in diesen Flur. Ich warf Blicke in zwei weitere Zimmer, aber auch dort traf ich niemanden an. Als ich an der Treppe vorbeischlich, hörte ich unten Geräusche. Diesen folgte ich die Treppe hinab.

Als ich unten ankam, landete ich in einem kleinen Salon. Ein chinesischer Lackschrank stand vor einer Wand, und ein Fernseher, eine Couch und ein Sessel waren vorhanden. Es war still. Zu still. Ehe ich einen weiteren Schritt tun konnte, sprangen fünf winzige weiße Doppelgänger meines Gespenstes unter der Couch hervor. Mein Herz setzte einen Schlag lang aus. Aber die Augen, die mich anstarrten, waren blau. Und schielten. Und ein Siamesenfell nimmt erst später seine eigentliche Farbe an. Mit hochgewölbten Buckeln und gefletschten Milchzähnen fauchten und zischten sie mich an und vollführten diese Seitwärtstänze, die jedem Kater furchtbar auf die Nerven gehen. Es ist eine beinahe instinkthafte Abneigung. Die meisten Kater hätten an meiner Stelle eins von zwei Dingen getan: Entweder hätten sie auf der Stelle kehrtgemacht und wären verschwunden, oder sie wären diesen Quälgeistern an die mageren Gurgeln gegangen.

Aber ich hatte noch nicht einmal genug Zeit, über meine Möglichkeiten nachzudenken. Innerhalb eines winzigen Ohrzuckens lag ich platt auf dem Fußboden und rang nach Luft. Tödliche Fangzähne bohrten sich in meinen Nacken, und acht rasiermesserscharfe Krallen umklammerten meine Flanken. Sie mußte schon die ganze Zeit auf dem Lackschrank gesessen haben. Ich konnte fühlen, daß sie groß und stark und wütend war. Ich war dafür in Schwierigkeiten. Ich bekam nicht genug Luft, um reden zu können. Ein träges, gleichmäßiges Knurren brachte meinen Hinterkopf zum Vibrieren. Ich brauchte Zeit, um mich zu sammeln. Ich atmete langsam und rührte keinen Muskel. Eine ihrer Krallen traf auf einen Nerv, und ich zuckte zusammen. Deshalb schob sie ihre Fangzähne in eine noch tödlichere Position vor.

Ich wußte, daß ich kaum noch eine Chance hatte, aber ich dachte mir, wenn ich mich zur Seite wegrollen lassen und sie auf den Rücken werfen könnte, müßte sie mich lange genug loslassen, damit ich in eine günstigere Position gelangte. Ich spürte schon, wie ihr Zugriff fester wurde und ihre Hinterbeine einen besseren Stand suchten. Ich wollte gerade reagieren, als eine Stimme von der Treppe uns beide überraschte.

»Mama, stop! Er will dir nichts Böses tun. Ich habe ihn hergebracht, damit er mit dir reden kann. Es ist wichtig.«

Die Krallen bohrten sich noch tiefer in meinen Balg. Ich fühlte, wie Blut an meinem Bein herabsickerte. Sie ließ meinen Hals los und fauchte Mimi an.

»Verschwinde aus meinem Haus!«

Mimi ließ sich nicht einschüchtern. »Nicht ohne ihn. Wir müssen mit dir über Tiger Mike sprechen. Er wurde getötet. Ermordet. Wir wollen herausfinden, wer ihn umgebracht hat. Wenn du ihn losläßt, können wir reden. Er wird den Kleinen nichts tun. Bitte, Ching, du hast Mike doch gern gehabt. Ich weiß es. Und wir brauchen deine Hilfe.«

Sie überlegte lange und zog schließlich ihre Krallen aus meinem Fleisch.

Sie fauchte eine Warnung in mein Ohr. »Sie bewegen sich erst, wenn ich es Ihnen gestatte. Ist das klar, Kater?«

»Vollkommen«, antwortete ich.

Sie schien eine Ewigkeit zu brauchen, um von mir runterzusteigen. Jeder Muskel in ihrem kräftigen Körper war angespannt und bereit, auf die geringste falsche Bewegung zu reagieren. Ich wagte noch nicht einmal zu blinzeln, als sie sich vor die Couch kauerte und sich so zwischen die Eindringlinge und ihren Wurf schob. Sie sah Mimi an.

»Wer ist das?«

»Er heißt Manx McCatty. Ich habe ihn gebeten ...«

»Sie sind Manx, der Detektiv?«

Sie hatte nicht gesagt, ich dürfte mich wieder bewegen, daher unterließ ich es. Ich redete auch nicht.

»Gehen Sie rüber zu Mimi auf die Treppe. Aber langsam.«

Wenn sie verlangt hätte, ich sollte schnell rübergehen, hätte ich Probleme gehabt. Sie hatte mein rechtes Hinterbein derart tief punktiert, daß der Muskel schmerzte. Am Morgen wäre es sicherlich steif wie ein toter Hamster. Ich humpelte zur Treppe, übertrieb es dabei ein wenig. Ich dachte mir, wenn sie davon ausgehen konnte, daß ich gehandicapt war, würde sie vielleicht ein wenig ruhiger und weniger wachsam sein. Ich ließ mich neben Mimi nieder und fixierte Ching erwartungsvoll.

»Wenn ich gewußt hätte, daß du Junge hast, Ching, wäre ich ganz bestimmt nicht hergekommen. Aber im Haus riecht es zu sehr nach Hund, um deinen Wurf wahrzunehmen.«

Sie ignorierte die Entschuldigung. »Was ist mit Mike geschehen?«

Ich erzählte ihr die ganze Geschichte, allerdings ließ ich die Begegnung mit der weißen Katze aus. Sie hörte aufmerksam zu und saß ruhig da, jedoch immer noch wachsam.

»Wie kommen Sie darauf, daß ich Ihnen helfen könnte?«

»Sie kannten Mike am besten.«

»Mike hat nicht viel über seine Vergangenheit geredet.«

»Drei Katzen sind tot, Ching. Ich bin dankbar für alles, was Sie mir erzählen können.«

»Wir haben Mimi und die anderen in jener Nacht von hier weggebracht, weil Mike befürchtete, sie würden im Tierasyl enden. Aber es war nicht das Tierasyl, weshalb er sich Sorgen machte. Da war noch etwas anderes. Aber ich weiß nicht was.« Sie holte tief Luft und fuhr fort. »Er wollte es mir nicht erzählen. Er bestand nur darauf, daß wir für die Kleinen ein Zuhause suchen.«

»Es gibt nur wenige Kater, die sich als gute Väter erweisen.«

»Er war ... ein ungewöhnlicher Kater.«

»Ich habe das Gefühl, daß zwischen Mike und den anderen irgendeine Verbindung bestand. Wahrscheinlich dieses ›etwas andere‹, das Sie gerade erwähnten. Kannten Sie irgendwelche Freunde von ihm?«

»Mike war nicht der Typ, der Freunde hatte. Das einzige Mal, daß ich ihn mit einem anderen Kater reden sah, stritt er sich mit ihm. Ich dachte, daß es in einer Prügelei enden würde.«

»Und mit wem stritt er sich?«

»Ich weiß nicht, wie er heißt. Es war ein grauer Kurzhaariger mit einem krummen Hinterbein. Er roch nach Salzwasser und Fisch. Er redete ziemlich wirres Zeug. Es war irgendein Unsinn, den ich nicht verstand.«

»Sie können mir nicht verraten, worüber sie sich stritten?«

»Nein. Mike erklärte dem grauen Kater nur, er solle ihn nicht mehr belästigen. Mehr nicht.«

»Okay. Danke. Wir gehen rauf und verschwinden durchs Fenster nach draußen. So, wie wir reinkamen. Auf dem Zaun warten wir einen Moment. Sie können uns durchs Fenster sehen.«

Ich begann die Treppe hinaufzugehen, ganz ruhig und lässig. Mimi zögerte noch eine Sekunde lang. »Es tut mir leid, Ching. Ich hatte keine Ahnung von deinen Jungen.« Dann kam sie hinter mir her.

»Mimi«, rief Ching ihr nach. Wir hielten beide auf der obersten Treppenstufe inne. »Du hast recht. Ich habe Mike gern gehabt. Komm irgendwann mal wieder her und erzähl mir, was ihr rausbekommen habt. Aber komm alleine.«

Sie musterte mich mit jenen stahlblauen Wächteraugen. Ihr Schwanz wischte auf dem Teppich hin und her, und eine kleine weiße Pfote schoß unter der Couch hervor, um ihn festzuhalten.

KAPITEL 7

Das verwitterte alte zweistöckige Haus klammerte sich an die ringsum stehenden Kiefern, um nicht völlig zusammenzubrechen. Bambus und Brombeersträucher hatten die untere Hälfte des Hauses verschlungen. Weinranken waren an den Vordachpfeilern hochgekrochen und erwürgten allmählich das obere Stockwerk. Es gab nur zwei Fenster, die nicht zugenagelt waren, beide in der oberen Haushälfte. Sie sahen aus wie zwei einsame, müde Augen, die sich nach Jahren des Mißbrauchs und des Verfalls ihrem Schicksal ergeben hatten.

Es war fast Mitternacht am Tag, nachdem Mimi und ich ihre Mutter besucht hatten. Mein Bein war noch ziemlich lädiert von Chings Kralle, und ich mußte ständig in Bewegung bleiben, damit es nicht doch noch steif wurde. Mimi konnte sehen, daß ich nicht unerheblich verletzt war, und wollte, daß ich sie alleine nach Hause zurückkehren ließ, damit ich mich in meinen Schuppen verziehen und dort ausruhen konnte. Aber nach dem Beinaheunfall auf dem Broadway wollte ich es auf keinen Fall zulassen, daß sie sich ohne Begleitung in den Verkehr wagte.

Ich beschloß, sie auf einer sichereren Route nach Hause zu bringen, daher umgingen wir den Verkehrswahnsinn von North Beach, indem wir durch die Front Street liefen und uns dann in die Gassen zwischen Broadway und Pacific schlugen und auf diesem Weg zu Caruso's gelangten. Wir wurden kurz aufgehalten, als wir einem großen, unfreundlichen Kater namens Cornmeal begegneten. Cornmeal war die Hauskatze von Litte Joe's, einem der berühmtesten Pasta-Tempel auf dem Broadway. Seinen Namen verdankte Cornmeal seiner Leidenschaft für

Polenta. Er liebte Menschen und schaffte es mit seiner redegewandten Art, sogar einem Katzen hassenden, allergischen Gast einen ganzen Teller Maisbrei abzubetteln. Aber er hatte für Vertreter seiner eigenen Art überhaupt nichts übrig, und es war allgemein bekannt, daß er sich mit jeder Katze anlegte, die auch nur in Sichtweite von Little Joe's anzutreffen war.

Er richtete seine große gelbe Gestalt auf einer Hintertreppe auf und versperrte uns den Weg. »Spielen meine Augen mir etwa einen Streich?« fragte er mit einem sarkastischen Unterton. »Ich hätte angenommen, du seist etwas cleverer, als in meinem Revier herumzuschnüffeln, McCatty.«

Ehe ich darauf etwas erwidern konnte, schaltete Mimi sich ein und bereitete dem Ganzen ein schnelles Ende. »Halt dich lieber bedeckt, Cornmeal. Wir wollen nur mal eben hier durch. Und wenn es dir nicht paßt, hole ich Caruso her, dann kannst du dich ja mit ihm unterhalten. Kommen Sie, Manx.«

Ich folgte Mimi, und wir ließen Cornmeal ziemlich unglücklich zurück. »Verstecken Sie sich immer hinter dem Hund, Mimi?« fragte ich. »Dann wären Sie eine Schande für die ganze Art.«

Mimi kicherte leise vor sich hin. Als wir außer Hörweite waren, meinte sie, daß sie bezweifle, daß Caruso überhaupt genug Energie in den Knochen habe, hinter einer Katze herzujagen, selbst wenn er es wollte. Aber Cornmeal sei nun mal ein Caniphobiker erster Ordnung.

Ich wünschte ihr eine gute Nacht und humpelte zu meinem Schuppen zurück. Als ich dort eintraf, fühlte mein Bein sich an, als wollte es jeden Moment explodieren. Aber ich war hundemüde und schlief auf einem Haufen Wolle sofort ein. Die ganze Nacht wälzte und drehte ich mich von einer Seite auf die andere und focht alptraumhafte

Schlachten mit ganzen Armeen winziger weißer Dämonen aus. Als ich endlich erwachte, es war kurz vor Sonnenuntergang, war die Schwellung in meinem Bein zurückgegangen, aber die ersten beiden Schritte ließen mich beinahe ohnmächtig werden. Unglücklicherweise hatte ich nicht die Zeit, um das kranke Kätzchen zu spielen. Ich hatte eine Ahnung, daß die weiße Katze soeben ihren mörderischen Zug durch die City begann, und ich mußte schnell handeln.

Da mein Bein eher ein nutzloser Ballast war, wußte ich, daß eine Jagd nicht in Frage kam. Daher wartete ich, bis der Nachtwächter seinen Dienst antrat, und gab ihm zu verstehen, daß ich mein Thunfischsandwich heute schon früh haben wollte. Er war sehr entgegenkommend. Er wickelte das Sandwich aus dem Wachspapier und legte es lächelnd für mich bereit. Ich speiste gerne alleine und ungestört, daher holte ich mir den saftigen Leckerbissen und verzehrte ihn auf dem Trittbrett des Cablecar Nummer fünf.

Nach dem Abendessen machte ich mich auf den Weg zu dem verdrehten Kopfsteinpflaster der Lombard Street und lief weiter über den Berg rüber zum Presidio und dem alten, verlassenen Haus.

Das Haus stand versteckt inmitten einer Gruppe Zypressen zwischen Inspiration Point und der Südgrenze des Presidio unweit des Arguello Boulevard. Es war schon vor vielen Jahren verlassen worden, als ein Teil des Bergs abgerutscht war, vermutlich bei einem Wolkenbruch. Dabei war eine Ecke des Steinfundaments weggebrochen. Rund um das Haus waren Schilder aufgestellt worden, auf denen Menschen davor gewarnt wurden, das Grundstück zu betreten. Zahlreiche, verstreut herumliegende leere Flaschen zeugten davon, daß die Schilder des öfteren nicht beachtet worden waren.

Es waren nicht die Menschen, die mir Sorgen bereiteten, als ich auf einer Schutzmauer neben der zugewachsenen Auffahrt kauerte. Ich blickte zum Haus und versuchte festzustellen, ob sich jemand darin befand. Es war ein Trick, den Fiddler mir vor ein paar Jahren beigebracht hatte. Aber es war ein riskanter Trick. Man mußte dazu seine Deckung öffnen – jenen Zustand ständiger Wachsamkeit, der eine Katze empfänglich macht für Bewegungen, Gerüche, Geräusche ... die grundlegendsten Überlebensmechanismen, über die alle Katzen verfügen. Aber es war möglich, hinter das Offensichtliche zu blicken, mit seinen Sinnen hinter Mauern vorzudringen. Die Schnurrhaare zu bündeln. Die direkte Umgebung zu verlassen. Mit seinem Geist den vor einem liegenden Ort zu betreten. Zu fühlen. Zu riechen. Zu lauschen.

Das Haus war leer. Aber da war etwas. Ein Geruch, dachte ich. Vertraut. Aber ich würde hineingehen müssen, um ihn genau zu identifizieren. Sobald der Fiddler erschien. Kaum hatten meine Gedanken seinen Namen geformt, da kauerte er vor der Mauer neben mir. Ich hatte von seinem Eintreffen nichts mitbekommen. Wahrscheinlich, weil ich meine Deckung hatte sinken lassen, vielleicht aber auch nur deshalb, weil er der Fiddler war.

Er lächelte zur Begrüßung auf seine kühle, furchtlose Art. »Leer?«

»Das schon. Aber es ist trotzdem keine Sackgasse. Denn irgend etwas ist da. Wir müssen rein.«

Während ich das sagte, fuhr der Kopf des Fiddlers hin und her, und seine Augen durchdrangen die Dunkelheit bergauf hinter dem Haus. Eine Bewegung. Ich bemerkte sie eine Sekunde später. Etwas näherte sich dem Haus. Es schlich über den Erdboden, immer nur ein kleines Stück. Vorsichtig. Eine Katze. Aber keine weiße. Sie war vom Hauseingang nur schwer auszumachen. Dann, plötzlich, war da eine andere Bewegung aus der gleichen Richtung. Diesmal etwas näher. Eine andere Katze. Wie die erste kam sie wachsam auf das Haus zu.

Ein Zweig knackte hinter und links von uns. Ein weiterer Schatten bewegte sich zwischen den Bäumen. Auch dies eine Katze. Dann kam die nächste den Berg herunter. Auf dem Berghang schien es plötzlich von Katzen zu wimmeln. Ich konnte insgesamt neun Stück zählen. Neun Katzen an einem Ort sind normalerweise die Grundzutaten zu einer Krallenparty größeren Umfangs. Aber es war kein Fauchen oder Knurren zu hören, es gab kein wachsames Belauern. Sie schienen einander zu kennen.

»Hier scheint ein Treffen im Gange zu sein«, flüsterte der Fiddler.

»Ja. Ich denke, ich sollte an dem Fest teilnehmen. Du hältst dich am besten im Hintergrund.«

»Das ist mein liebster Platz, alter Junge.«

Ich ließ den Fiddler auf der Mauer zurück und schlich davon, um mich der Prozession zum alten Haus anzuschließen. Mein Bein war noch ziemlich hart, aber ich gab mir alle Mühe, nicht zu humpeln. Ich hatte so eine Ahnung, daß jedes Anzeichen von Verletzbarkeit heute nicht angeraten wäre.

Ich schob mich zwischen zwei Katzen, die auf die Ecke des Hauses mit dem geborstenen Fundament zusteuerten. Wir zwängten uns zwischen den zerbrochenen Steinen hindurch in einen feuchten, modrigen Keller. In der abgestandenen Luft lag der Geruch nach Verfall. Wir eilten an den vor sich hinmodernden Pfosten vorbei und eine wacklige Treppe hinauf. Auf dem oberen Absatz blieb der Kater, der vor mir ging, stehen und drehte sich zu mir um.

Als ich ihn erreichte, sagte er: »Du bist wohl ein Neuer, was?«

»Ja«, entgegnete ich. »Was passiert denn hier?«

»Ein Opfer«, erklärte er. »Für den Meister.«

Ich beschloß, der Sache auf den Grund zu gehen, obgleich ich mich auf schlüpfrigem Terrain bewegte. Ich mimte verhaltene Erregung. »Hast du ihn schon mal gesehen, ihn selbst, meine ich?«

»Nein. Nur Magus hatte bisher das Glück. Aber er kommt her. Wir hoffen, daß er heute nacht auftritt und uns als seine Diener begrüßt. Ihm zu dienen ist die einzige Möglichkeit, am Leben zu bleiben.« Er machte kehrt und stieg eine weitere Treppe hinauf, die ins obere Stockwerk führte. Während ich seinem Beispiel folgte, bemerkte ich, daß zwei andere Katzen aus einem anderen Teil des Hauses auftauchten. Sie waren wohl durch einen anderen Eingang hereingekommen. Eine trug ein völlig verängstigtes Kätzchen im Maul. Es war nicht die Mutter. Das war offensichtlich.

Opfer. Kätzchen. Nee. Das war zu verrückt, dachte ich. Aber ich merkte, wie ich unsicher wurde. Die Nacht war plötzlich von einer seltsamen Stimmung erfüllt.

Ich folgte der letzten Katze in den zweiten Stock und dort durch einen Flur, der mit Spinnweben und zerfetzten Tapeten dekoriert war. Dann eine letzte Treppe hinauf und auf einen geräumigen Dachboden. Dort nahm ich auch wieder den Geruch wahr. Ich erkannte ihn wieder. Es war der gleiche Geruch wie von der schwarzen Kralle und wie auf dem Heuboden, wo Jockey hatte sterben müssen. Es stimmte. Die weiße Katze war tatsächlich hiergewesen.

Die Katzen hatten sich auf verschiedene Plätze an den Wänden verteilt. Ein altes Regal. Eine verstaubte Kommode. Verschiedene dunkle Fensterbänke. Ich hockte mich auf einen alten Warmwasserboiler, der in einer Ecke lehnte. Von dort hatte ich den gesamten Raum im Auge. Das Kätzchen war in die Mitte des Raums gelegt worden.

Es stand total unter Schock, krümmte sich zusammen und zitterte.

Während ich die ganze unglaubliche Szene vor mir in mich aufnahm, hatte ich das Gefühl, als sei ich unvermittelt durch die Zeit an einen völlig anderen Ort geschleudert worden. An einen Ort, wo unheimliche Dämonen durch die Nacht streunten und wo zu jedem neunten Vollmond Opfer dargebracht wurden und makabre, geheime Zusammenkünfte stattfanden. Ich wurde beinahe von der unheimlichen, bizarren Atmosphäre betäubt, aber ein scharfer Schmerz in meinem Bein riß mich in die Wirklichkeit zurück.

Ich betrachtete die Katzen, die sich zu dieser seltsamen Versammlung eingefunden hatten, und bemerkte, daß sie alle etwas gemeinsam hatten. Ich sah es erst, als sie alle nebeneinander hockten. Die linken Ohren. Bei jeder Katze fehlte die obere Spitze des linken Ohrs. Mir ging plötzlich ein Licht auf, und ich begriff, daß meine Phantasien doch nicht so verrückt waren. Ich war bei den Widgeries.

Es hieß, sie seien eine geheime Gemeinschaft von Katzen, die sich in mondlosen Nächten versammelten, um Schwarze Katzenmagie zu betreiben und mit Schattengeistern zu kommunizieren. Für die meisten Katzen war die ganze Angelegenheit ein Haufen Mumpitz und nicht wert, daß man sich intensiver damit befaßte. Aber für Katzen, die eher zum Aberglauben neigten, waren sie ein furchteinflößender Geheimbund. Scheinbar harmlose Katzen, die sich nachts davonstahlen, um Cratch zu huldigen und ihre Feinde mit Flüchen zu belegen. Es gab zahlreiche Geschichten, wie die Widgeries irgendeinen unschuldigen Artgenossen verflucht hatten, der wenig später tot aufgefunden wurde und das Opfer eines Schattendämons geworden war.

Zu ihrer Einweihungszeremonie gehörte das Entfernen

der linken Ohrspitze. Ich vermutete, daß mein eigenes zurückgefaltetes Ohr sie getäuscht hatte – bis jetzt zumindest. Eine Katze ergriff das Wort. Es war ein Kater, mittelgroß, mit weiß-gelb geflecktem Fell und einem schwarzen Punkt unter einem Auge. Ich wußte sofort, daß er der Kater war, den Mimi auf dem Zaun gesehen hatte, in der Nacht, in der Tiger Mike getötet wurde. Magus. Er hockte auf der Fensterbank und redete langsam und in gemessenem Tonfall: »Seht den Meister in eurem Geist. Betrachtet seine große weiße Gestalt. Winkt ihm. Ruft ihn. Bietet ihm dieses Opfer dar. Holt ihn hierher zu seinen Dienern.«

Alle Katzen begann leise zu beten. Ich konnte mich nicht überwinden ernsthaft zu glauben, daß der weiße Teufel plötzlich erscheinen und dieses zitternde, unschuldige Kätzchen verschlingen und dann seinen Anhängern Befehle erteilen würde. Aber es war offensichtlich, daß diese Bande tatsächlich davon überzeugt war. Das Kätzchen versuchte sich im Fußboden zu verkriechen. Ich wußte, wenn ich die Kleine nicht schnellstens von hier wegbrachte, würde sie vor Angst sterben.

Ich bemerkte, daß eine der Katzen mich anstarrte, ein schwarzweißer Brocken mit platter Nase. Ich kannte ihn, und aus der Art und Weise, wie er mich musterte, schloß ich, daß er mich identifiziert hatte. Ich hatte mal einen Umsiedlungsauftrag für eine mißbrauchte Katze auf dem Knob Hill ausgeführt. Der schwarzweiße Kater war jener Irre gewesen, der sie in die Mangel genommen hatte. Ich hatte meine Visitenkarte unter dem Fell auf seinem Schädel hinterlassen. Das bedeutete Ärger.

Er setzte an, um etwas zu sagen. Ich spannte meine Hinterbeine für eine blitzartige Flucht durchs nächste Fenster. Aber ein gefährliches, zischelndes Flüstern erklang plötzlich in der Nacht und hallte gespenstisch durch den Raum.

»Sssilentium!«

Das Kätzchen zuckte zusammen und sah sich um. Ich konnte hören, daß sein kleines Herz noch schneller schlug als meins.

Der gelbweiße Kater ergriff erneut das Wort. »Der Meister ist erschienen!«

»Silentium!« Wieder hallte das Wort durch das alte Haus. Es war unmöglich festzustellen, aus welcher Richtung es kam. Die Katzen schauten sich suchend um. Ich kannte nur eine Katze, die ihre Stimme so in einem Raum herumkreisen lassen konnte, und dieser Kater war nicht weiß.

»Wenn ihr mir dienen wollt, müßt ihr tun, was ich verlange. Die Katze, die das Opfer mitgebracht hat, und die Katze ohne Schwanz – bringt die Kleine zu mir. Die Treppe hinunter. Ihr anderen bleibt sitzen. Ich komme bald zu euch.«

Ich sprang von meinem Platz und eilte zu dem Kätzchen hinüber. Ich erreichte es vor dem anderen Kater, einem hageren grauen Kurzhaarigen mit merkwürdig gelben Augen. »Ich nehm' sie schon«, sagte ich hastig. Er hatte nichts dagegen.

Das Kätzchen duckte sich. Ich flüsterte ihm eine Nachricht ins Ohr, ehe ich es an seinem Nackenfell packte. »Es ist alles in Ordnung. Ich bring' dich nach Hause.«

Die Kleine schien mir nicht zu glauben, und ich konnte es ihr nicht verdenken. Ich hob sie hoch und folgte der grauen Katze langsam die Treppe hinunter. Ich erkannte, daß der Kater Angst hatte. Er zögerte auf halbem Weg einen kurzen Moment, aber ich fauchte ihn an, und er setzte seinen Weg fort. Wir gelangten zum Flur im zweiten Stock und tappten langsam hindurch. Der graue Kater hatte soviel Angst, daß er kaum gehen konnte.

Die zischelnde Stimme erklang wieder. »Kommt schon. Über die andere Treppe. Los!«

Wir stiegen hinunter in den ersten Stock. Als wir um eine Ecke bogen, schoß eine dunkle Gestalt aus einem Schatten hervor, sprang auf den grauen Kater und nagelte ihn auf den Fußboden. Der Fiddler lüftete seine Maskerade und sah mich und das Kätzchen an. Ich legte es hin und leckte ihm mehrmals übers Gesicht. Der Fiddler grinste und zwinkerte ihm zu. Er sah sehr selbstzufrieden aus.

»Hast du irgendwelche Fragen an unseren Freund, Manx?«

Der graue Kater schaute zu mir herüber. »Manx ...?«

Der Fiddler brachte ihn mit den Krallen zum Schweigen.

Ich bückte mich zu seinem zuckenden Maul hinab. »Wo hast du das Kätzchen her, du Wurmköder? Raus damit!«

»Aus der Gegend, in der ich wohne«, quiekte der hilflose graue Kater.

»Woher genau?« wollte der Fiddler wissen.

Der graue Kater beschrieb ein großes braunes Holzhaus an der Ecke Pierce und Vallejo in Pacific Heights. Als er geendet hatte, gab ich ihm ein paar letzte Anweisungen.

»Geh zurück nach oben zu deinen verrückten Freunden. Und falls du zufälligerweise deinen, äh, Meister treffen solltest ... dann sag ihm, Manx McCatty suche ihn. Verstanden?« Ich gab dem Fiddler ein Zeichen, er solle ihn laufenlassen, und er ließ ihn langsam los.

Der graue Kater drehte den Kopf, um zu sehen, wer ihn da festgehalten hatte. Aber der Fiddler hatte wieder eine seiner Verschwindenummern abgezogen, wodurch dem grauen Kater noch unheimlicher zumute wurde. Er schleuderte mir mit zitternder Stimme ein paar Worte entgegen.

»Er bringt euch um. Der Meister wird euch alle töten!«

Er eilte nach oben, wobei er über einige Stufen stolperte.

Der Fiddler tauchte aus dem Schatten auf, und wir rannten schnellstens die Treppe hinunter bis in den Keller und von dort hinaus in die Nacht. Ich hatte das Kätzchen noch immer im Nacken gepackt und ließ es erst los, als wir die Pacific Avenue erreicht hatten. Wir schlüpften zwischen den Stäben eines Eisenzauns hindurch und fanden eine warme Ecke in einem Rosengarten, in dem es nicht nach Hund oder Katze roch.

Ich setzte das Kätzchen ab, und wir holten erst einmal tief Luft.

»Bist du okay, Kleines?« fragte ich.

Zuerst sagte das Katzenkind gar nichts. Dann murmelte es mit matter, bebender Stimme: »Ich will nach Hause.«

»Ich weiß«, erwiderte ich. »Und wir bringen dich auch hin, sobald wir etwas zu Atem gekommen sind. Ich wette, deine Mami vermißt dich schon längst.«

»Wer sind Sie?« fragte es mißtrauisch.

»Also, ich bitte dich«, sagte Fiddler. »Willst du etwa behaupten, du erkennst Manx McCatty nicht?«

Das Kätzchen schaute ehrfürchtig zu mir hoch. »Sie sind Manx McCatty? Der Detektivkater?«

»Hm-hm. Und das ist der Fiddler.«

Sie schnaufte ängstlich. »Sie sind der Fiddler? Tatsächlich?«

»In Fleisch und Fell«, antwortete er. »Wie heißt du denn?«

»Ginger«, sagte die Kleine. Sie blickte zurück in die Richtung des alten Hauses. »Wer waren denn all die anderen Katzen?«

»Die?« sagte ich. »Nun, Ginger, das war nur eine Bande ziemlich wirrer Katzen, die schreckliche Angst haben und nicht besonders clever sind.«

»Wollten die mich etwa auffressen?« erkundigte die Kleine sich mit einem deutlichen Zittern in ihrem dünnen Stimmchen.

»Nein. Sie haben nur versucht, dir angst zu machen.«

Sie schaute zu mir auf. »Das haben sie geschafft. Aber Sie hatten doch keine Angst, oder?« Sie blickte den Fiddler an.

Er zeigte ihr ein breites, selbstsicheres Grinsen. »Wir und Angst haben? Niemals.«

»Meinst du, du kannst jetzt alleine nach Hause gehen, Ginger?« fragte ich und hoffte, daß ich ihr klebriges Fell nicht noch für weitere fünfzehn Blocks zwischen den Zähnen halten mußte.

»Ich glaube schon. Aber ich war bis jetzt noch nie draußen auf der Straße.«

»Du brauchst keine Angst zu haben. Die Straße ist unsere Spezialität. Wir passen schon auf dich auf. Der graue Kater, der dich dorthin geschleppt hat – wie hat er dich von deiner Mami weggeholt?«

»Hm«, machte sie schuldbewußt. »Ich hatte im Garten gespielt, und er war auf der Gasse. Er rief mich zu sich und sagte, er hätte etwas für mich. Dann hat er mich gepackt.«

»Hast du ihn vorher schon mal irgendwo gesehen?« fragte der Fiddler.

»Ja. Ich glaube, er wohnt ein paar Straßen weiter. Meine Mami meinte, er sei kein übler Kerl, aber ich sollte mich trotzdem von ihm fernhalten. Ich glaube, ich hätte besser auf sie hören sollen.«

»Das glaube ich auch«, pflichtete ich ihr bei. »Jetzt komm.«

Während wir uns zwischen den Gitterstäben hindurch auf den Bürgersteig zwängten, sagte Ginger: »Junge, Junge, wenn ich das meinem Bruder und meinen Schwestern erzähle.«

In diesem Moment durchschnitt von irgendwoher am Fuß des Berges, möglicherweise aus der Nähe des alten Hauses, ein dämonisches Jaulen die stille Nacht. Es war ein vertrautes Jaulen. Mittlerweile viel zu vertraut.

»Was war das?« fragte Ginger, und ihre dünne Stimme zitterte wieder.

»Das war nur eine von diesen Katzen, die immer noch versuchen, uns angst zu machen«, sagte ich. »Aber wir haben doch keine Angst, oder?«

»Hm-hm«, sagte sie.

Der Fiddler und ich warfen uns einen vielsagenden Blick zu. Nee. Wir hatten doch keine Angst. Nicht viel jedenfalls.

KAPITEL 8

Wir brauchten nicht lange, um Ginger nach Hause zu bringen. Pacific Heights ist einer der katzenfreundlicheren Bezirke der Stadt. Hunde werden nachts in den Häusern gehalten, und die Straßen sind weitgehend frei von Menschen und Autoverkehr. Die Katzen, die dort herumstreunen, sind ein privilegierter Haufen und zu stolz, um sich das Fell in sinnlosen Katzbalgereien in Unordnung zu bringen.

Gingers Haus war ein dreistöckiges Gebäude mit einer Menge Bäume und einem hohen, mit Weinranken bedeckten Zaun um das gesamte Grundstück. Sie führte uns zu einem schmalen Spalt im Zaun an der Seite. Ich hatte wenig übrig für eine weitere Begegnung mit einer Katzenmutter, daher wünschte ich ihr viel Glück und blieb zurück, während der Fiddler sie das restliche Stück ihres Weges begleitete. Schon nach wenigen Minuten war er wieder zurück. Die Mutter hatte schon gewartet, angriffsbereit, aber Ginger hatte ihr eiligst erklärt, wer er war und wie wir ihr das Leben gerettet hatten. Fiddler hatte genau den richtigen Ton gefunden, um die Situation zu entkrampfen, aber er war froh, als er endlich wieder auf der Straße stand.

»Nichts macht mich so nervös wie eine Katzenmutter, Manx.«

»Was du nicht sagst«, meinte ich, während ich neben ihm herhumpelte. »Hast du schon mal ein Kätzchen im Maul rumgeschleppt?«

Er sah mich mitfühlend an und schüttelte nur den Kopf. Wir wanderten schweigend zwei Blocks weiter, bis wir zu einer Ecke gelangten mit Blick auf die Marina und die Golden Gate dahinter. Wir blieben stehen und blickten hinaus auf die nervös flackernden Lichter und die dunkle, kalte Bucht dahinter.

»Spürst du es, Fiddler?«

»Ja, ich spüre es. Irgend etwas ist im Anzug, Manx. Irgend etwas Großes.«

»Wir haben uns da in einen ganz schönen Schlamassel geritten, alter Freund.«

»Es sieht so aus, als müßte der Fiddler mal für einige Zeit auf das ruhige häusliche Leben verzichten.«

»Ich hatte gehofft, daß du das sagst.«

»Ich war heute schon im Park und hab' mich mal umgehört. Es scheint, als hätte Jockey seit zwei Jahren in den Ställen gewohnt. Er ist eingezogen, als der alte Horsefly Harry von dort wegging. Er hat mit niemandem geredet. Er ist nicht herumgestreunt. Kaum jemand hat ihn je gesehen. Außer Rosie. Poppy hat herausbekommen, daß Rosie auf der anderen Seite des Parks in der 17th wohnt. Mit zwei Hunden.«

»Kein Wunder, daß sie ein bißchen verrückt ist.«

»Auf jeden Fall war sie ziemlich verschlossen. Sonst hat mir niemand etwas Neues erzählen können. Nur, daß Gerüchte von einem weißen Phantom die Runde machen. Außer in North Beach wurde diese Erscheinung auch in Bayview, in der Mission und im Park gesehen.«

Ob real oder nicht, Cratch drängte sich allmählich wieder in das kollektive felide Unterbewußtsein. Die Gerüchteküche ließ sich nicht mehr zum Schweigen bringen. Dafür würden schon die Widgeries sorgen. Ein eifriger Cratch-Anbeter würde mehr zu der allgemeinen Panik beitragen als noch so viele echte oder eingebildete Begegnungen mit einer weißen Katze. Das Katzenvolk würde nervös, bekäme es mit der Angst zu tun. Sie würden anfangen, bei jedem Schatten zusammenzuzucken. Dann würden sie sich gegenseitig belauern. Und ihre Menschen. Blutige Streite um Gassen- und Mülltonnenrechte würden ausbrechen. Und mehr und mehr Katzen würden im Tierasyl enden, weil sie die Hände zerkratzten, die sie fütterten.

Wir hatten es mit einem Dämon zu tun, der noch entsetzlicher und gefährlicher war als Cratch. Nämlich mit der Angst selbst.

Der Fiddler streckte und reckte sich an einem Telegraphenmast und verhalf seinen Vorderkrallen zu scharfen Schneiden. »Okay, Mister Meisterdetektiv«, sagte er. »Wen nehmen wir uns als ersten vor?«

»Als erstes trollen wir uns mal runter zum Wharf und statten Joe einen Besuch ab. Ich stehe kurz vor dem Verhungern.«

Fiddler lachte. »Anchovy Joe. Ich hab' mit dem alten Schnurrer schon lange keinen Dornhai mehr zerlegt. Aber so wie ich dich kenne, besuchen wir Joe nicht nur wegen des Essens. Weshalb also noch?«

Ich gab ihm die Antwort, während wir den Weg bergab zum Fisherman's Wharf einschlugen. »Ein grauer Hafenstreuner mit krummem Bein.«

Fiddler lachte. »Ich liebe diese Detektivarbeit.«

Wir fanden Anchovy Joe an seinem Lieblingsplatz, im Keller des Restaurants Fisherman's Grotto mitten im Touristenbezirk des Wharf. Joe war ein geschickter alter Streuner mit einer Vorliebe für frischen Fisch. Die örtlichen Fischer kannten ihn gut, und an besonders erfolgreichen Tagen warfen sie ihm schon mal eine frische Flunder oder einen Kabeljau hin, der zu klein war für den Verkauf. An anderen Tagen, wenn das Wetter die Boote am Ausfahren hinderte, besorgte Joe sich den ein oder anderen Happen von den Händlern in der Jefferson Street, die dort kleine Schalen mit Garnelen und Krabben an kamerabewehrte Touristen verkauften.

Joe begrüßte uns mit einem freudigen Grinsen, als wir durch den offenen Lüftungsschacht in den Keller kamen. »Da verknoten sich mir ja glatt die Schnurrhaare. So etwas nenne ich Timing. Kommt rein, Jungs, kommt rein. Ich hatte gerade darüber nachgedacht, wie traurig es wäre, wenn ich all diese Köstlichkeiten alleine verzehren müßte.«

Fiddler und ich starrten verblüfft auf eine große Platte, die beladen war mit Muscheln, Garnelen, gegrillten Stinten und Tintenfisch in irgendeiner pikanten Sahnesauce. »Hast du etwa das Kochen angefangen, Joe?« fragte ich. »Oder wirst du auf deine alten Tage tollkühn und klaust den Gästen die Vorspeisenteller direkt vom Tisch?«

Er kicherte. »Nicht ganz, Manx. Weißt du, vor zwei Tagen, gegen Abend, wanderte ich durch den Speisesaal und wollte auf die Straße. Da sehe ich auf einmal, wie der Manager des Ladens plötzlich wie zu Stein erstarrt stehenbleibt. Ich schaue hin, und was meinst du, was los ist?«

»Keine Ahnung, Joe, was war denn los?«

»Dort, ein paar Schritte entfernt, kroch die fetteste, häßlichste aller Hafenratten, die du je gesehen hast, über den Fußboden. Rums! Ich sprang dem alten Rattensack an die Gurgel, schüttelte ihn mal kurz, aber heftig durch und legte dem Manager den Fetzen genau vor die Füße.«

»Du bist ein wahrer Held, Joe. Damit hast du ihm wohl den Tag gerettet«, sagte der Fiddler und beäugte ungeduldig den Teller mit den Meeresfrüchten.

»Das habe ich wohl. Und wie. Und seitdem vergeht kaum ein Abend, an dem nicht irgend etwas Leckeres neben der Tür da hinten steht.«

»Du und die Katzen von Venedig«, sagte ich.

»Häh?« fragte Joe.

»Vergiß es.«

»Weißt du, Joe«, sagte der Fiddler sehr ernst, »es ist wirklich schlimm, wie schnell Fisch verderben kann. Es wäre doch eine Schande, wenn ...«

»Greift zu, Freunde. Greift zu.«

Woraufhin wir uns wie ein Trio felider Staubsauger auf die Meeresfrüchte stürzten und jedes noch so kleine Fitzelchen schaumgeborener Delikatessen verputzten. Der Stint war besonders köstlich. Es gibt eigentlich kaum etwas Schöneres als das leise Knacken, wenn man ihnen die kleinen zerquetschten Köpfe abbeißt.

Nachdem wir unsere Mahlzeit beendet hatten, lehnten wir uns zurück und putzten uns ausgiebig. So verlockend ein würziger Fischgeruch sein kann, eine Katze, die etwas auf sich hält, würde es niemals dulden, daß auch nur ein Hauch dieses Geruchs an ihren Pfoten oder Schnurrhaaren hängenbleibt. Mit den Bäuchen voll Fisch und einer langen Nacht hinter uns, war die Vorstellung überaus verführerisch, sich jetzt einen Platz im Kellerregal zu suchen und sich dort für den Rest des Tages in irgendwelchen Traumwelten zu verlieren. Aber jetzt hatten wir keine Zeit für derartige Ruhepausen. Joe muß es mir angesehen haben.

»Hast du vielleicht in letzter Zeit irgendwelche weißen Gespenster gesehen, Manx?«

Der Fiddler und ich warfen einander einen wissenden Blick zu. Er hatte die Gerüchte also auch gehört. Joes Schnurrhaare waren neugierig gestreckt, daher erzählte ich ihm die ganze Geschichte. Er zuckte mit keiner Wimper.

»Du hast recht, Manx. Das ist wirklich eine schlimme Sache. Du mußt diesen weißen Teufel finden, wenn du diesen Ausdruck entschuldigst. Allein diese Widgerie-Katzen können schon für eine Menge Verdruß sorgen.«

»Er hat recht«, sagte Fiddler. »Das sind abergläubische Irre.«

Wir hörten Schritte draußen auf dem Pier. Die Fischer erschienen schon vor Sonnenaufgang, um ihre Boote für den Tag und die Fahrt durch das Golden Gate bereitzumachen. »Kennst du einen alten grauen Kater mit einem krummen Bein, Joe?« fragte ich.

Joe knurrte zustimmend. »Ich kann nicht behaupten, daß ich ihn kenne. Niemand kennt ihn richtig. Sie nennen ihn Loco, denn genau das ist er. Verrückter als ein schielender Chihuahua. Hängt immer am alten Ferry Building herum, wie ich zuletzt hörte. Glaubst du, er hat was mit der Sache zu tun, Manx?«

»Schwer zu sagen. Er ist bisher unsere einzige Spur, deshalb sollte man es mal mit ihm versuchen.«

Fiddler spannte sich plötzlich an, und sein Kopf fuhr zu dem Belüftungsschacht herum, durch den wir hereingekommen waren. Er hatte irgend etwas bemerkt. Joe und ich störten ihn nicht. Er sprang lautlos auf ein Regalbrett, dann auf den Rand des Schachtes und blickte hinaus in die Nacht. Sein Schwanz wischte hin und her. Ein Zeichen für Verdruß. Dann entspannte er sich unvermittelt. Seine Anspannung war verflogen. Er drehte sich zu uns um.

»Das war seltsam. Ich hatte das Gefühl, jemand beobachtet uns. Aber kein Zeichen und kein Geruch.« Er war deutlich beunruhigt. »Möglich, daß meine Schnurrhaare mich getäuscht haben.«

Die Vorstellung, daß die Sinne des Fiddlers ihm etwas vormachen sollten, war für mich nur schwer nachzuvollziehen. Auch er schien davon nicht überzeugt zu sein. Seine Augenbrauen schoben sich zusammen, und er blickte verdrossen in die Dunkelheit jenseits der Belüftungsöffnung.

»Komm, Manx, laß uns mal diesen verrückten Kater suchen.«

KAPITEL 9

Wir bedankten uns bei Anchovy Joe für die Mahlzeit und eilten nach Osten über den Embarcadero zum Ferry Building. Ein dünner Silberstreif Morgendämmerung kroch im Osten über die Berge und schob die Nacht vor sich her über den Ozean. Es war die Stunde des Hundes. Wenn das Gebell die Stille der Nacht zertrümmert. Wenn die meisten Katzen sterben. Wenn die meisten Kätzchen geboren werden.

Wir arbeiteten uns vorsichtig und leise an den Docks entlang. Es gab zahlreiche Bezirke der Stadt, die noch zwei Stunden schlafen würden. Nicht so das Hafengebiet. Zwischen den Fischern, den Dockarbeitern und den Frühstückskneipen herrschte genug Betrieb, um das Interesse von zwei Katzen zu wecken. Ich hatte schon vor längerer Zeit die Erfahrung gemacht, daß Katzen in Touristengegenden nicht gerade beliebt sind. Ladenbesitzer scheinen zu glauben, daß wir irgendwelche Krankheiten mit uns herumschleppen, mit denen wir ihre Kunden anstecken könnten. Wenn sie doch nur schon von Venedig gehört hätten. Ich konnte mir vorstellen, wie der Fiddler und ich gemütlich die gleiche Route nahmen, wo Fischer uns Sardinen zuwarfen, Gabelstapler anhielten, um uns vorbeigehen zu lassen, ein Zeitungshändler uns ein sonniges Plätzchen auf einem Stapel Zeitungen vom Vortag für ein kleines Nickerchen anbot. Je länger ich darüber nachdachte, desto weniger gefiel es mir. Ich denke, ich liebe meine City etwas kantiger.

Außerdem konnte ich erkennen, als ich über die Bucht schaute, daß dies einer jener Tage in San Francisco werden würde, an denen es auf der ganzen Welt keinen vollkommeneren Ort gibt. Jede Katze in der Stadt würde auf irgendeiner Holzbank liegen und sich in einem Bündel wunderschöner Sonnenstrahlen aalen. Der Körper ruht sich bei diesem Lichtbad aus und sammelt neue Kraft, während der Geist und die Sinne durch phantastische Gefilde streifen. Gefilde, die im Wachzustand unsichtbar sind, aber dafür nicht weniger real. Unglücklicherweise würden die Träume dieses Tages gefüllt sein mit den Bildern von einem weißen Monster, das sich aus der Unterwelt ans Licht kämpft.

Wir wurden ein wenig von zwei Cops aufgehalten, die jemanden hochscheuchten, der auf einer Bank am Eingang zu Pier 31 schlief. Es gibt gewisse Typen von Menschen, die an Touristenorten ebenso unwillkommen sind wie Katzen. Menschen, die schwierig einzuschätzen sind. Aber es war niemals eine gute Idee, sich bei den Uniformierten bemerkbar zu machen. Ziemlich regelmäßig hatten sie ihre Launen und riefen dann den Katzenfänger für einen. Das kann einem das Leben für eine Weile ganz schön sauer machen und zur Folge haben, daß irgendein armer Streuner geschnappt wird, nur weil er sich gerade in der Nähe aufhielt.

Je weiter wir ins Hafengebiet vordrangen, desto geschäftiger wurde es. Die Schauerleute schenkten uns kaum Beachtung. Sie freuten sich, ein paar Katzen zu sehen. Sie hielten die Mäuse von Getreidesäcken und Obstkisten fern, die auf den riesigen Piers herumstanden. Zu meiner Verblüffung blieb der Fiddler bei einem ziemlich großen Kerl stehen, der ihn in jenem süßlichen Tonfall anrief, den Menschen im allgemeinen bei Katzen anschlagen. Man kann aus ihren Stimmen heraushören, ob sie es ernst meinen oder nicht. Dieser Bursche meinte es ernst. Er strich dem Fiddler ein paarmal über den Rücken und ging dann weiter seinen Geschäften nach.

Der Fiddler bemerkte den überraschten Ausdruck in meinem Gesicht. »Mich hat's gejuckt. Okay?«

»Okay« war alles, was ich dazu bemerkte.

»Was ist denn so falsch daran, sich ab und zu mal kraulen zu lassen? Häh?«

»Nichts«, sagte ich. »Es ist nur ... Irgendwie paßt es nicht zum Image.«

»Natürlich«, sagte der Fiddler kopfschüttelnd. »Wenn du soviel Wert auf diesen Imagequatsch legst, entgehen dir die schönsten Dinge des Lebens.«

Ich sagte nichts mehr. Aber ich mußte innerlich grinsen. Der berühmte Fiddler, eine lebende Legende, Waschbärkämpfer, geheimnisvolles schwarzes Phantom – nichts anderes als eine große Schmusekatze. Es war nicht das erste Mal, daß ich es gesehen hatte. Ich hatte schon oft durch den Spalt in seinem Gartenzaun gelinst und gesehen, wie er zusammengerollt auf dem Schoß eines seiner Menschen lag. Aber es amüsierte mich immer wieder aufs neue.

Wir trafen vor dem Ferry Building ein, als die ersten Strahlen der Sonne sich über die Gipfel der Berge im Osten stahlen. Das Licht hatte den Coit Tower in eine Bernsteinsäule verwandelt und wanderte jetzt langsam weiter zur Transamerica Pyramid. Ein Illustrierten- und Zeitungsstand öffnete gerade für den Strom morgendlicher Pendler, der sich in ungefähr einer Stunde von der Fähre und aus der U-Bahn ergießen würde. An der Tür in einer Ecke hockte ein stämmiger kleiner brauner Krallenträger, der sich bemühte, möglichst abgebrüht und erfahren auszusehen, während er die Zeitungen betrachtete und die unaktuellste zu erkennen versuchte, um sich darauf einem halbwegs ungestörten Schläfchen hingeben zu können. Der Fiddler und ich kauerten unter einem Schiffscontainer vor einem Pier, unweit der Anlegestelle der Fähre. Wenn der Kater aus dieser Gegend stammte, würde er Loco wahrscheinlich kennen.

Als keine Menschen mehr in Sicht waren, trotteten wir locker zu ihm rüber und gaben uns Mühe, nicht allzu bedrohlich auszusehen, was ziemlich schwierig ist, wenn zwei Katzen zusammen ihre Runde machen. Brownie machte ganz schön schnell einen Buckel.

»Reg dich ab, Kumpel«, sagte ich. »Wir wollen uns nur noch einem Kater erkundigen, der hier in der Gegend wohnt.«

Er beschloß, den harten Kater zu mimen. »Weshalb sollte ich euch irgendwas über irgendwen erzählen? Wer seid ihr überhaupt?«

»Ich heiße McCatty. Und das da ist mein Freund ... Bernie.«

Der Fiddler warf mir einen schnellen Blick zu. Er grinste entwaffnend und nickte dem braunen Kater zu. Ich hatte im Laufe der Zeit festgestellt, daß es einer Katze nicht gerade dabei half, sich zu entspannen, wenn man ihr den Fiddler mit seinem richtigen Namen vorstellte.

Der braune Kater streckte seinen Rücken wieder und lächelte plötzlich. »Manx? Manx McCatty? Hey, Sie erinnern sich nicht mehr an mich, oder?«

Ich mußte zugeben, daß sich nichts bei mir rührte.

»Das ist schon okay«, sagte er plötzlich mit ausgesuchter Freundlichkeit. »Sie haben mal meiner Mom geholfen. Ich war damals noch ein kleines Kätzchen. Erinnern Sie sich noch? Es war oben auf dem Russian Hill. Unsere Menschen hatten uns einfach im Stich gelassen, und Sie haben uns ein neues Zuhause in der Potrero besorgt.«

Ich hatte noch immer keinen Schimmer. Ich gab einen Schuß ins Blaue ab. »Aber sicher. Der Name deiner Mutter war ... Fluffy, stimmt's?«

»Richtig«, sagte er stolz. »Und wen suchen Sie?«

»Einen großen grauen Kater mit einem krummen Bein. Er soll Loco heißen.«

»Jeder hier kennt Loco«, sagte er. »Ich hab' ihn gerade erst gesehen, wie er da hinten zum Terminalgebäude lief. Gewöhnlich verbringt er den Tag im Uhrenturm, ganz oben. An der Seitenfront des Gebäudes befindet sich ein Regenrohr. Man kann von dort auf das Dach im ersten Stock springen. Im Augenblick werden Reparaturarbeiten ausgeführt, und der Turm ist offen. Im Innern befindet sich eine Treppe, über die man ganz raufkommt. Aber es wird Ihnen sowieso nicht viel nutzen. Loco gibt nur selten etwas von sich, das auch nur halbwegs einen Sinn ergibt.«

»Alles klar. Wir werden es trotzdem mal versuchen. Danke.«

»Hey, Manx«, sagte er. »Ich habe gehört … es heißt, daß, äh, Cratch wirklich zurückgekehrt ist. Daß er wieder durch die Nacht streift. Daß wir alle …«

»Hundegeschwätz!« sagte ich schnell. »Du glaubst diesen Blödsinn doch nicht etwa, oder?«

»Nee. Das nicht. Ich wollte nur mal nachfragen, mehr nicht.«

»Schon in Ordnung, mein Junge«, sagte ich, und wir steuerten in Richtung Fährenstation, um Loco zu suchen.

»Hey«, rief der Braune. »Sie sind der Fiddler, nicht wahr?«

Der Fiddler zwinkerte mir zu. Wir umrundeten das Ferry Building, fanden das Regenrohr und kletterten zum Dach hoch.

»Bernie?« bemerkte Fiddler.

»Was ist mit Bernie nicht in Ordnung? Ich kannte mal einen ganz tollen Kater namens Bernie.«

Er schüttelte den Kopf. »Das ist kein Name für einen Kater. Bernie!«

Wir schoben uns unter einem Stück Sperrholz hindurch,

das nachlässig vor eine Türöffnung genagelt worden war, und nahmen die enge, gewundene Treppe zum Uhrenturm in Angriff. Hebel und Räder lagen auf einer Plattform hinter dem großen Uhrwerk herum. Das matte silbrige Licht der Morgendämmerung erzeugte einige gespenstische Schatten in dem engen Durchgang.

Wir folgten der Treppe bis zu der kleinen Kuppel auf der Turmspitze. Sie befand sich gut fünfundzwanzig Meter über dem Straßenniveau und gestattete einen atemberaubenden Blick über den Ostteil der Bucht. Wir hörten eine Stimme, die eintönig und schnell redete. Wir entdeckten ihren Eigentümer zwischen zwei Säulen, die das gewölbte Dach des Turms stützten. Loco schaute hinaus auf die Bucht, obgleich es nicht so aussah, als sei sein Blick auf etwas Bestimmtes gerichtet. Er murmelte vor sich hin.

Ich versuchte zu verstehen, was er sagte. Es klang wie »Woll'n Se, könn' Se, woll'n Se, könn' Se, einmal putzen, Mister? Mit Polieren? Putzen, Mister? Auf Hochglanz? Woll'n Se, könn' Se …«

»Hey, Buddy!« Ich sagte es freundlich und so laut, daß er es auch hörte. »Wir wollen mit dir reden. Was meinst du?«

Keine Antwort.

Ich versuchte es mit einer anderen Taktik. »Wir sind Freunde von Tiger Mike. Und Bandido.«

Er verstummte für einen Moment, sah uns an, ging dann wieder auf und ab. »Tiger Mike, Tiger Mike, gefunden auf dem Güterbahnhof. Tiger Mike. Nur einmal. Ein einziges Mal. Pech. Großes Pech. Bandido. Seltsamer Kater. Sehr seltsam. Zuviel für Bandido. Viel zuviel. Wurde in der Mission gefunden. Zu spät. Zu spät. Hätte vom Point wegbleiben sollen. Hätte nicht hingehen sollen.«

»Vom Point?«

»Hunters Point?« sagte Fiddler.

»Hätte wegbleiben sollen«, sagte Loco.

Hunters Point war ein Ort in der Nähe im Südosten der Stadt. Dort befand sich eine große Schiffswerft. Für Katzen jedoch war Hunters Point gleichbedeutend mit dem Hunters-Point-Tierasyl – dem berüchtigtsten Tierheim der ganzen City. Es hieß, daß kaum eine Katze, die im Point endete, jemals wiedergesehen wurde.

»›Warst du im Point?« fragte ich. »Waren Tiger Mike und Bandido dort?«

»Woll'n Se, könn' Se, woll'n Se, könn' Se ... wir waren dort, wir waren dort, alle Katzen, wir waren dort. Sie kommen uns holen, sie kommen uns holen, sie kommen uns holen.«

»Von wo holen sie euch? Vom Point?«

»Sie bringen sie alle weg. Alle Katzen. Alle Katzen. Sie bringen alle weg. Woll'n Se, könn' Se, woll'n Se, könn' Se ... nicht angreifen, ehe ihr das Weiße ihrer Mäntel seht, zielt auf die Augen, nur auf die Augen ...«

Loco wandte sich um und blickte zwischen den Säulen hindurch. Sein Gesicht verzerrte sich plötzlich zu einer Fratze des Entsetzens. Er redete in kurzen, atemlosen Stößen weiter. »Kann nicht zurück ... nicht zurück ... nicht meine Schuld ... nicht meine Schuld ... muß jetzt gehen ... sofort ... putzen, Mister? Polieren?«

Und dann ging er tatsächlich. Er stieg einfach von dem Vorsprung herunter, auf dem er stand, machte einen Schritt ins Leere. Es geschah so schnell, daß ich es kaum fassen konnte. Der Fiddler und ich sprangen auf den Absatz und schauten hinunter. Es waren rund fünfundzwanzig Meter bis hinab in die eiskalte Bucht. Eine kleine graue Gestalt wurde schnell von den aufgewühlten Fluten verschluckt.

»Manx!«

Fiddler starrte zwischen den Säulen hindurch über das Wasser auf einen der Piers. Ich folgte seinem Blick.

Die weiße Katze hockte auf einer Taurolle und sah zu uns herüber. Ihre roten Augen schimmerten durch den Dunst.

KAPITEL 10

Der Fiddler und ich hatten versucht, den weißen Kater vom Ferry Building aus zu verfolgen, aber der seltsame, unnatürliche Geruch, der seine Visitenkarte zu sein schien, hatte sich mit den Abgasen im Embarcadero vermischt und war verschwunden.

»Welche Katze hat einen solchen Geruch, Manx?« Wir saßen unter einigen Wacholderbüschen im Park gegenüber dem Ferry Building. »Das ist überhaupt kein Katzengeruch. Sondern nur ein seltsamer Geruch. Und was ist mit Loco? Mann, er hat nur einen Blick auf diesen weißen Typen geworfen und ist einfach in den Tod gesprungen. Warum sollte eine Katze so etwas tun? Komm schon, Mister Superschlau, erzähl mir, was da los ist.«

Ich schüttelte den Kopf. »Ich wünschte, ich könnte es, Fid. Nichts davon ergibt für mich einen Sinn. Aber ich habe so eine Ahnung, daß mit dieser Katze irgend etwas passiert ist. Etwas verdammt Schlimmes. Und zwar außerhalb der Katzenwelt.«

»Also bei den Menschen«, sagte Fiddler.

»Ja. Das müßte es sein. Ich denke die ganze Zeit über Locos Geschwätz von dem Tierasyl am Hunters Point nach. Du hast doch auch schon diese Geschichten über den Betrieb gehört.«

»Ja. Das Heim am Point soll ein unheimlicher Laden sein.«

»Falls irgend etwas von dem, was Loco von sich gegeben hat, auch nur ein Körnchen Wahrheit enthält, dann waren er und Mike und Bandido irgendwann einmal dort. Vielleicht sogar zur gleichen Zeit. Und sie alle waren Opfer der weißen Katze. Ich würde meinen, es lohnt sich, das zu überprüfen. Ich gehe heute nacht mal hin. Bist du dabei?«

»Sich mit der Welt der Menschen einzulassen bedeutet nichts als Ärger, Manx«, sagte er. »Den würde ich mir auch für einen ganzen Eimer Amseln nicht entgehen lassen.«

Das letzte Stück hatten wir bereits im Halbschlaf zurückgelegt. Wir waren wirklich todmüde. Es wurde Zeit, einen sicheren Fleck zu finden, wo wir uns für den Tag zusammenrollen konnten. Wir kamen überein, uns bei Einbruch der Dunkelheit wieder in dem kleinen Park zu treffen.

Der Fiddler entdeckte nicht weit entfernt eine verlassene Baustelle. Ein Bretterstapel hinter verschlossenen Toren wäre einfach ideal. Ich beschloß, die paar Blocks noch zu riskieren und Mimi einen Besuch abzustatten. Ich wollte sie über die Fortschritte in dem Fall informieren. Vielleicht fand ich ja auch bei Caruso's irgendwo ein sonniges Fleckchen, wo ich für den Rest des Tages meinen Pelz ausstrecken konnte. Die morgendliche Rush-hour war nicht unbedingt die günstigste Zeit, um den ganzen Weg zum Schuppen zurückzulegen.

Während der schwarze Kater auf der Baustelle verschwand, stahl ich mich durch eine schmuddelige Gasse hinter der Merchant Street. Von diesem Teil der Stadt führte an einem geschäftigen Morgen die einzige sichere Route nach North Beach durch Chinatown. Die Straßen und Gassen waren vollgestapelt mit Frachtkisten und -kartons, und es gab jede Menge Deckung für eine unbefugte Katze. Gerüchte besagten, daß ein allzu sorgloser Felide in diesem Teil der Stadt durchaus in einem Suppentopf enden konnte. Ich dachte bei mir, daß jede Katze, die so hundedämlich war, um hier überfallen und alle gemacht zu werden, es wahrscheinlich verdiente, wieder in die Nahrungskette eingegliedert zu werden.

Ich näherte mich Caruso's von hinten, wobei ich darauf achtete, keinen Menschen auf meine Anwesenheit aufmerksam zu machen. Sie hatten mich zwar schon mal willkommen geheißen, doch Menschen waren nun mal launisch, und ich hatte nicht die geringste Garantie, daß mir die gleiche Behandlung auch jetzt zuteil wurde. Ich hatte mehr als einen Stein auf den Pelz gebrannt bekommen bei dem Versuch, mich an eine Hauskatze heranzumachen. Aber das einzige Lebenszeichen war Caruso, der Bulldog, der hingegossen auf der Hinterveranda lag wie ein großer Haufen Vanillepudding. Er schlief tief und fest und träumte gerade. Seine Pfoten zuckten. Er lief in seinem Traum vor irgendeinem Feind davon. Gelegenheiten wie diese boten sich nicht sehr oft, und obgleich Caruso als Hund eigentlich ganz in Ordnung war, konnte ich einfach nicht widerstehen.

Ich bückte mich und sprach leise in sein Ohr. »Es hat keinen Sinn, Caruso. Du bist ein toter Hund. Dein Schwanz ist zu schwer, um ihn ständig hinterherzuschleifen. Er wiegt eine Tonne. Er bremst dich nur. Du kannst nur eins tun. Sieh zu, daß du ihn loswirst. Weg mit dem Schwanz. Jetzt, Caruso!« Er winselte zweimal, dann krümmte er sich und biß entschlossen zu. Er jaulte auf und sprang hoch. Das tat er derart unkontrolliert, daß er zwei Treppenstufen hinunterpurzelte, bis er schließlich in einer sitzenden Position landete. Er schüttelte den Kopf, daß Hundegeifer in alle Richtungen spritzte. Ich hielt mich in sicherer Entfernung. Er atmete keuchend und sah sich suchend nach seinen Verfolgern um.

»Was zum Teufel? Wer hat mich gebissen? Hey, McCatty, haben Sie mich gebissen?«

»Weshalb sollte ich, Caruso? Nee, gerade als ich herkam, sind Sie aufgesprungen und haben selbst nach Ihrem Ende geschnappt.«

»Oh. Oh, ja«, sagte er. »Ja, sie waren hinter mir her. Und mein Schwanz ... Teufel, ich glaube, ich habe wohl geträumt. Das hat ganz schön weh getan.«

»Kann ich mir vorstellen. Haben Sie Mimi gesehen?«

»Hm-hm. Sie ist wahrscheinlich oben auf dem Dach.«

»Auf dem Dach? Wie kommt man da rauf?«

»Machen Sie Witze? Ich geh' da niemals hin. Nur Katzen schaffen das. Über die Feuertreppe an der Seite.«

Ich bedankte mich bei Caruso und umrundete das Gebäude. Ich gelangte zu einer schmalen Sackgasse voller Mülltonnen und Kartons mit leeren Schnapsflaschen. Die Feuertreppe begann im ersten Stock. Mimi erreichte sie von innerhalb des Hauses. Ich würde von einer Mülltonne aus hochspringen müssen. Ich dachte, daß es vielleicht ganz nett sei, einen mittäglichen Imbiß mit Mimi zu teilen. Ich kehrte auf die Straße zurück, stibitzte bei der Ming Lee Trading Company eine Packung geräucherten Tintenfisch und begab mich wieder zu Caruso's.

Vom Deckel einer halbwegs stabil aussehenden Mülltonne bis zum ersten Absatz der Feuertreppe waren es gut zwei Meter. Nicht unbedingt die größte Strecke, die ich je überwunden hatte, aber trotzdem noch ganz anständig, vor allem mit einem Beutel Leckerbissen zwischen den Zähnen. Ich fand eine einigermaßen günstige Position, krümmte den Rücken und sprang. Ich erreichte den Stahlabsatz, aber der gab nicht soviel Halt her, wie ich gehofft hatte. Eine Pfote rutschte ab, und ich hing eine Minute lang baumelnd da und hielt mich nur mit zwei Pfoten fest. Dabei verlor ich beinahe die Imbißtüte, aber ich schaffte es, mit einer Hinterpfote eine Querverstrebung zu packen und mich dann das letzte Stück hochzustemmen. Ich kam zu Atem, dann eilte ich die Stufen zum Dach hinauf.

Mimi ruhte sich auf einem Sonnenfleck in einer Ecke des schwarzgeteerten Daches aus. Als sie mich auf sie zukommen sah, lächelte sie. »Sieht so aus, als wäre es eine lange Nacht gewesen, Manx.«

»Kann man so sagen. Ich erzähl' Ihnen später alles. Im Augenblick brauche ich eine Mütze Schlaf. Hoffe, Sie haben nichts gegen meinen unangekündigten Besuch. Es war näher als meine Bude.«

»Natürlich habe ich nichts dagegen. Dies hier ist die wärmste Stelle. Kommen Sie.«

Ich ließ die Imbißtüte einfach fallen und hockte mich neben sie. Sie begann, mein Gesicht mit ihrer rauhen Zunge sanft zu putzen. Ihr süßes Schnurren machte mich schläfrig. Ich sank gegen sie und tauchte weg ins Katzentraumland.

Ich blickte von meinem Platz auf dem leeren Dachwassertank auf das Geschiebe und Gedränge in der Columbus Avenue hinunter. San Francisco veränderte sich. Es warf die quälende, hysterische Hektik des Tages ab und schlüpfte in den seidigen, leise pulsierenden Mantel der mütterlichen Nacht. Mimi schlief noch immer friedlich auf dem schwarzen Teer. Ich dachte an all die anderen Katzen, die in diesem Moment aus ihrem Tagesschlaf erwachten, nachdem der Friede ihres Schlummers plötzlich vom eingebildeten Geheuls Cratchs gestört worden war. Heute nacht würde nicht viel herumgestreunt werden. Mittlerweile hätte sich das Gerücht, daß der Höllenkater in den Straßen sein Unwesen trieb, sicherlich längst bis zu jeder Katze verbreitet. Und die Angst wäre bestimmt stärker als der Hunger.

Unten auf der Straße bemerkte ich zwei Terriertypen, die vor einer Buchhandlung an einen Fahrradständer gebunden wurden. Ihr weiblicher Mensch gab ihnen strenge Anweisungen, wie sie sich zu benehmen hätten, während er sich in dem Laden umsah. Begleitet wurde der Vortrag mit heftigem Fingerdrohen. Die Terrier winselten und jaulten, setzten sich aber gehorsam auf den Bürgersteig.

Das ist der Unterschied zwischen Katzen und Hunden, was das Verhältnis zu den Menschen betrifft. Hunde hatten ›Herrchen‹. Sie sind den Launen der Menschen ausgeliefert. Sie leben, um zu gehorchen. Sie würden sich die eigenen Pfoten abbeißen für das ›Braver Hund!‹ und ein nach Pappe schmeckendes Hundebiscuit. Aber Katzen? Keine Chance. Katzen kennen sich bei Menschen gründlich aus. Sie haben sie durchschaut. Wir bestimmen, wo es langgeht. Die Katze ist der Herr, der Mensch der Diener. Es ist eine sehr fruchtbare Beziehung. Eine gewisser Grad gegenseitiger Achtung ist ganz gut, aber das ist dann auch schon alles.

Dort, wo die Achtung aufhört, beginnen die Probleme. Es gibt Menschen, denen man trauen kann, und welche, wo es nicht geht. Eine Katze erkennt den Unterschied sofort, und zwar gewöhnlich aus ausreichend sicherer Entfernung, um den Schwanz aus jeglichem Verdruß herauszuhalten. Aber in der City haben die Menschen die Oberhand. Es ist ihre Welt. Eine Welt, die sie geschaffen haben. Streuner wie ich müssen schnell und clever sein. Auf den Straßen muß man auftreten wie ein Phantom.

Dennoch kann einer dieser triefäugigen Katzenfänger einen allzu kühnen Krallenträger innerhalb weniger Stunden hinter Gitter bringen. Ich habe den Bau schon dreimal von innen gesehen. Und das war verdammt oft.

Ich hatte noch keinen blassen Schimmer, in welcher Verbindung der weiße Kater zur Menschenwelt stand. Aber in einem eisigen Winkel meines Gehirns hatte ich eine Ahnung, daß es keine schöne Verbindung war. Meine Gedanken wurden plötzlich durch die Liebkosung von Mimis Fell erwärmt, als sie sich an mir rieb.

»Ein schöner Tag«, sagte sie und sah mich mit ihren wunderschönen, schläfrigen Augen an.

»Bis jetzt«, erwiderte ich. »Aber ich habe das Gefühl, als würde es nicht lange so bleiben.«

Mimi und ich waren schon früher im Laufe des Tages aufgewacht und hatten ein wenig von dem Tintenfisch verzehrt. Dabei lieferte ich ihr eine Zusammenfassung meiner bisherigen Ermittlungen. Sie stellte eine Menge Fragen, die ich nicht beantworten konnte, und bot mir ihre Hilfe an. Sie war eine zähe Katze. Aber ich konnte erkennen, daß sie während des restlichen Tages nicht sehr gut geschlafen hatte. Ich übrigens auch nicht.

Sie blickte hinaus ins Zwielicht der herannahenden Dämmerung. »Seit ein paar Tagen, Manx, habe ich so ein Gefühl. Es ist, als ob ...«

»Als ob irgend etwas heraufzieht?« beendete ich den Satz für sie. »Ja. Ich fühle das auch, Kleines. Wir alle fühlen es.«

»Und wenn es stimmt, Manx? Ich hätte niemals angenommen, daß an der alten Geschichte auch nur ein Quentchen Wahrheit ist. Aber wenn es nun tatsächlich Cratch ist?«

»Wenn er es ist ... dann sollten wir unser Leben am besten auskosten, so lange wir es noch können. Wo ist der Rest von dem Tintenfisch?«

Wir verzehrten die geräucherte Meeresköstlichkeit und huschten die Feuertreppe hinab auf die Gasse. Caruso war nirgendwo zu sehen. Wahrscheinlich war er reingegangen und mampfte Pommes frites, die die Barmiezen ihm spendierten. Die ersten Sterne funkelten am dunkelvioletten Himmel, und eine kühle Brise strich über den kühlen Asphalt. Es war, wie Mimi schon gesagt hatte, eine schöne Nacht.

Der Tintenfisch hatte lediglich meinen Appetit angeregt, und ich wußte, daß ich für die vor mir liegende Nacht eine anständige Mahlzeit brauchte.

»Ich glaube, ich hole mir zwei Goldfische aus dem Teich vor der Pagode.«

»Da habe ich eine bessere Idee«, sagte Mimi. »Komm mit.« Der vertrauliche Tonfall klang wie selbstverständlich.

Sie verschwand durch die Hintertür von Caruso's. Ich zögerte.

»Was ist los?« fragte sie. »Du warst doch schon mal hier.«

»Ich war schon an vielen Orten. Aber an die meisten möchte ich nicht unbedingt zurückkehren.«

»Niemand schließt vor Tagesanbruch die Hintertür.«

Ich folgte ihr in den kleinen Vorratsraum, wo wir bei meinem ersten Besuch bei Caruso's Sahne geschleckt hatten. Durch die offene Tür konnten wir in die Küche blicken, wo der Koch gerade ein paar Hamburger für die Bar vorbereitete. Mimi bat mich, einen Moment zu warten, während sie in die Küche trabte. Sie stemmte die Vorderpfoten gegen die Hosenbeine des Kochs, reckte sich, klimperte mit ihren babyblauen Augen und miaute unwiderstehlich. Es war eine tolle Nummer. Er bückte sich und streichelte sie liebevoll. Er nahm eine Handvoll Hackfleisch, legte es in eine Schüssel und kam auf mich zu. Ich ging hinter einem Karton Tomatenketchup in Deckung.

Der Koch stellte die Schüssel auf den Fußboden, streichelte Mimi noch einmal und kehrte zu seinen Hamburgern zurück. Als er sich entfernt hatte, sagte Mimi: »Ist das okay, Manx? Oder magst du lieber Hühnerfleisch?«

Ich schob mich aus meinem Versteck und ging zu der Schüssel hinüber. Der Geruch des frisch durchgedrehten Lendenstücks ließ mir das Wasser im Maul zusammenlaufen. »Wir teilen uns das, Kleines.«

»Nein«, sagte sie. »Es ist alles für dich. Ich hole mir meine Happen später von den entsetzlichen Menschen. Das hier ist für dich. Nach dem, was du mir erzählt hast, wirst du es brauchen.«

Ich widersprach ihr nicht. Es war eine erinnerungswürdige Mahlzeit. Ich schlang sie herunter wie das wilde Tier, das ich zu sein vorgab. Mimi freute sich aufrichtig, als sie sah, wie es mir schmeckte. Während ich speiste, pflegte sie ihren schlanken Körper und brachte sich in Form für ihren Besuch bei den Bargästen und für ihren Anteil an deren Calamari.

Ich gönnte mir ein paar Minuten, um mich zu putzen, dann eilte ich durch die Tür hinaus in die Nacht. Mimi wollte mich ein Stück begleiten, daher schlenderten wir gemütlich den Berg runter nach Chinatown und vergaßen für einen Moment den weißen Kater und die vor uns liegende Nacht. Wir redeten nicht, sondern trotteten stumm dahin, genossen die Gesellschaft des anderen und die laue Nachtluft. Wir überquerten gerade einen Privatparkplatz hinter einem heruntergekommen Hotel, als uns eine Stimme aufhielt.

»Du bist im Weg, McCatty.«

Er hockte auf der Motorhaube eines Wagens und blickte auf uns herab. Es war Magus, der Ober-Widgerie. »Niemand darf den Meister stören. Wir müssen uns als würdig erweisen, ihm zu dienen.«

»Und du willst dich würdig erweisen, indem du ihm mein Fell bringst, häh? Ist das dein Ernst, Hundefresse?«

Sechs weitere Kater tauchten plötzlich auf. Ich erkannte sie alle aus dem Haus im Presidio.

Mimi stieß mich unmerklich an. »Wir haben keine Chance, Manx«, flüsterte sie.

Sie hatte recht, aber ich würde es mir nicht anmerken lassen.

»Ihr seid nur zu siebt. So wie ich es sehe, sind mindestens vier von euch Futter für die Ameisen, ehe ihr uns geschafft habt.«

»Wir sind bereit, unser Leben für den Meister zu opfern«, sagte der Kater auf dem Automobil.

»Wie schön, Filzkugel. Du willst doch deinem Meister nur dienen, um deinen eigenen schmierigen Pelz zu retten. Selbst wenn er wirklich Cratch wäre, würde doch kein halbwegs anständiger Dämon etwas mit einer Bande einohriger, hinternküssender Irrer wie euch zu tun haben wollen.«

Als Mimi das Wort ergriff, überraschte sie mich damit derart, daß meine Konzentration beinahe gestört wurde. »Seht mal«, sagte sie, »ich habe mit all dem nichts zu tun. Macht mit dem Kater, was ihr wollt, aber laßt mich laufen. Bitte.«

»Du kannst verschwinden. Wir sind nur an ihm interessiert.«

Mimi warf mir einen Blick zu, den ich nicht ganz zu deuten vermochte. Sie machte kehrt und verschwand eilig zwischen den Fahrzeugen. Ich hatte nicht mal die Zeit, eine Erklärung für ihr hastiges Verschwinden zu suchen. Ich war davon ausgegangen, daß sie zu mir hielt und bereit war zu kämpfen. Daß sie zu der Sorte Katzen gehörte, die den Schwanz einziehen und sich verdrücken, hätte ich nicht gedacht. Aber ich war froh, daß sie rausgekommen war. Die ganze Affäre würde schnell ausarten.

»Ehe die Krallenparty losgeht«, sagte ich, »solltet ihr wissen, daß ihr die falsche Phantomkatze anbetet. Dieser rotäugige Verrückte ist genausowenig Cratch, wie ich Felina bin. Ihr macht euch nur zu totalen Narren.«

Der gelbweiße Kater grinste ziemlich bescheuert zu mir runter. »Leben Sie wohl, Mr. McCatty.«

Das war mein Stichwort. Ich hatte nicht vor, sitzenzubleiben und darauf zu warten, daß sechs Katzen mich von allen Seiten attackierten. Angriff ist die beste Verteidigung, daher spannte ich die Hinterbeine und sprang den Kater auf dem Wagen an. Mein Angriff überraschte ihn total. Ich erwischte ihn voll und haute ihn um. Wir rollten über die Kühlerhaube. Ich schob meine Hinterbeine zwischen uns und schleuderte ihn gute drei Meter weit vom Wagen auf den Asphalt. Dann sprang ich auf das Wagendach. In hohe Position. Die beste, wenn die Chancen für einen schlecht stehen.

Drei Kater sprangen auf den Kofferraum. Die anderen drei auf die Kühlerhaube. Sie wollten mich von zwei Seiten angreifen. Das hatte ich erwartet. Sie standen geduckt da und waren wütend. Der gelbweiße Kater hatte sich wieder aufgerappelt und hockte nun auf der Erde. Er starrte wutschäumend zu mir hoch. »Tötet ihn!« fauchte er den anderen zu.

Von jeder Seite sprang ein Kater mich an. Ich wich zur Seite aus, packte den Kater von der Motorhaube und warf ihn dem anderen entgegen. Sie stürzten nach hinten ab, wobei ihre Krallen über den Lack ratschten, als sie um ihr Gleichgewicht kämpften. Dann stürzten drei weitere sich auf mich. Einer erwischte mich von hinten und wirbelte mich herum. Ich fing mir einen häßlichen Treffer in der Flanke ein, der mein Fell aufriß. Ich schnappte mir einen von ihnen und stieß ihn vor mir her gegen die anderen beiden. Wir rutschten vom Dach und auf die Motorhaube – ein einziges Bündel wild um sich schlagender Pfoten und Krallen. Sie waren keine erfahrenen Kämpfer und fügten einander beinahe mehr Schaden zu als mir. Meine Hinterbeine arbeiteten mit Vollkraft, und ich schaffte es, zwei weitere vom Wagen auf die Erde zu werfen.

Aber die anderen beiden schüttelte ich nicht so leicht ab. Ich schlüpfte zwischen ihnen hindurch und suchte mir eine neue Verteidigungsstellung vor der Windschutzscheibe. Sie hockten auf den Kotflügeln und lauerten auf eine Lücke.

In diesem Moment hörte ich das Gekläff. Es war ein lautes, tiefes, wütendes Bellen, das vom Berg herabhallte. Und schnell näher kam. Ein Hund mit eindeutiger Absicht. Ich sah ihn um die Ecke biegen und mit einem Affenzahn über den Parkplatz rennen. Caruso. Aber nicht der Caruso, den ich kannte. Dieser war ein völlig anderer Hund. Sein Körper war eine Masse vibrierender Muskeln. Er hatte die Zähne gefletscht, seine Lefzen flatterten im Wind, und er bewegte sich wie eine Gazelle. Na ja, nicht ganz wie eine Gazelle. Er war nicht alleine. Mimi rannte neben ihm her.

Die Widgeries erstarrten für einen kurzen Moment, dann ergriffen sie alle die Flucht wie eine Herde Thanksgiving-Truthähne. Sie hetzten über den Parkplatz und eine Gasse hinunter. Caruso blieb in der Gasse stehen und bellte ihnen einen letzte Warnung hinterher. Mimi sprang auf den Wagen. »Bist du okay, Manx?«

»Alles bestens, Kleines. Ein paar harmlose Kratzer, mehr nicht. Danke, daß du die Kavallerie geholt hast. Meine Schnurrhaare wurden noch nie von einem Hund gerettet.«

Sie lachte. »Betrachte es einfach als persönlichkeitsprägende Erfahrung.«

Caruso kam zurückgetrottet, aufgepumpt wie ein Ochsenfrosch. Er sah sehr selbstzufrieden aus. »Wie war ich, Manx? Habe ich meine Sache gut gemacht?«

»Ganz hervorragend, Caruso. Vielen Dank, Ich bin Ihnen etwas schuldig.«

Ich schwor mir, mich nie mehr in seine Träume einzumischen.

»Das ist schon in Ordnung. Junge, Junge, das waren aber viele Katzen. Ich bin schon froh, daß sie nicht bleiben und kämpfen wollten. Donnerwetter, jetzt habe ich aber Hunger. Ich laufe wohl besser zur Bar zurück. Macht's gut.«

Er trottete nach Hause und sah wieder so aus wie immer. Voller Falten und Fettpolster.

Mimi und ich kicherten verhalten, als wir ihm nachschauten. Aber wir wurden schnell wieder ernst. »Wer waren diese Katzen, Manx?«

»Das, Mimi, waren die Widgeries.«

Sie war überrascht. »Heißt es, es gibt sie wirklich? Mit ihrer Satanskatzenverehrung und allem?«

»Ich fürchte, ja. Der Fiddler und ich sind ihnen zum erstenmal vor zwei Tagen in einem Haus oben im Presidio begegnet. Es scheint so, als seien sie davon überzeugt, daß diese weiße Katze Cratch ist, und sie wollen sich offenbar als seine treuesten Diener empfehlen.«

»Das wird ja immer seltsamer, Manx.«

»Das kannst du laut sagen, Kleines.«

Mimi leckte mich einige Male, um mir Glück zu wünschen, und ich machte mich wieder auf den Weg. Während ich wachsam von Schatten zu Schatten huschte, dachte ich an Caruso in der Bar, wo man ihm reichlich Knochen vorwarf, nur weil er so häßlich aussah.

Vielleicht lebt man am Ende doch nicht so übel als Hund.

KAPITEL 11

Hunters Point war ein ramponiertes, fleckiges rechteckiges Gebäude, das zwischen zwei verlassenen Apartmenthäusern in der Innes Avenue stand. Gegenüber auf der anderen Straßenseite befand sich ein großes Kraftwerk, das summte wie ein Schwarm riesiger Ohrmilben. Das einzige andere Geräusch war das gedämpfte Bellen und Winseln dem Untergang geweihter Hunde, das aus dem Tierheim herausdrang. Man braucht kein Hundeliebhaber zu sein, um bei diesen Lauten einen tiefen Schauder zu spüren. Ein eisiger, scharfer Wind wehte von der Bucht herauf. Irgendwie klang das Gebell dadurch noch verlorener, verzweifelter. Der Fiddler und ich hockten auf einem altmodischen Kühlschrank, der im mit Unkraut zugewucherten Hinterhof eines der Apartmenthäuser liegengeblieben war.

Hunters Point zu finden, erwies sich als einfacher, als ich erwartet hatte. Wir folgten dem Embarcadero bis zur Third Street, suchten uns unseren Weg durch den dichten Verkehr auf der Brücke der Third Street und wanderten nach Osten zum Hafen von San Francisco. Von dort aus ging es weiter über die alten, stillgelegten Bahngleise, die eine Schneise zwischen Schrottplätze, Öllager, Fabriken und Lagerhäuser schlugen. Der Fiddler balancierte über das linke Gleis, ich über das rechte.

Rund um die Gleise gedieh eine ungewöhnlich gesunde und kräftige Population von Ratten und Mäusen. Man nannte diesen Abschnitt nur Rodent Road, Straße des Ungeziefers. Die Katzen, die hier lebten und arbeiteten, waren ein rauher, eigenwilliger Haufen, der schon so manchen Eindringling in die Flucht geschlagen hatte, der sich hier ebenfalls seine Beute sichern wollte. Fiddler und ich suchten uns einen Weg durch das dichte Unkraut und hofften, daß es nicht zu irgendwelchen Zusammenstößen mit Jägern kam, die glaubten, ihr Revier verteidigen zu müssen.

»Hey, Manx. Sieh dir das mal an.«

Jemand hatte einen Beutel Lebensmittel in einer Seitenstraße offenbar von einem Lastwagen heruntergeworfen. Der Inhalt war über die Straße bis in die Gosse verstreut. Sechs oder sieben Mäuse und zwei Ratten stopften sich voll mit Sauerteig, Salami und Schokoladen-Doughnuts. An einem anderen Tag hätten der Fiddler und ich uns sicherlich an diesem Festmahl beteiligt.

»Kommen sie dir nicht auch ein wenig faul und träge vor? Vor allem total entspannt?«

»Ja. Nicht eine Katze ist in Sicht«, sagte ich. »Spürst du es, Fid? Es wird ständig stärker.«

»Ja, Manx. Stärker und näher.«

Das war nicht gerade die Antwort, die ich mir gewünscht hatte. Fiddler hätte viel lieber sagen sollen: Ach, komm, beruhige dich, es gibt keinen Cratch, alles ist bestens. Er verließ die Schiene und begab sich in die Gleismitte. Ich folgte seinem Beispiel.

Wir wanderten weiter. Wenn ich es spürte, dann spürten es auch all die anderen Katzen in der Stadt. Ein Zug kreischte in der Ferne. Es klang wie Cratch, dachte ich. Dann verpaßte ich mir selbst einen Klaps mit der Pfote. Du läßt dich gehen, McCatty. Du glaubst doch nicht an Gespenster und ähnlichen Blödsinn.

Der Fiddler kicherte. »Ich auch nicht, Manx.«

»Ich hasse es, wenn du das tust. Lies gefälligst die Gedanken von jemand anderem.«

»Detektivgeschichten sind aber viel interessanter.«

Mehrere gleichzeitige Bewegungen in den Schatten ließen uns zusammenzucken. Ich wirbelte herum, um die Flanke zu schützen, während der Fiddler hinter mir Angriffshaltung einnahm. Unvermittelt waren wir von etwa zwölf Katzen umringt. Eine Bande zerrupfter, hartgesotten aussehender, narbenübersäter Straßenkatzen. Der Typ, der lebt, um zu kämpfen, und kämpft, um zu leben. Der Fiddler und ich steckten in der Klemme.

Wir entspannten uns augenblicklich und richteten uns auf.

»Manx«, sagte er lässig, »siehst du, was ich sehe?«

»Wenn du wissen willst, ob ich zwölf der armseligsten Vertreter der feliden Art sehe, dann ja.«

»Was meinst du, wie eine Katze so häßlich werden kann?«

»Ich glaube, häßlich trifft es nicht ganz, Fiddler. Häßlich liegt längst hinter ihnen. Sie sind schon darüber hinaus und mittlerweile regelrecht abstoßend, ekelerregend –«

»Schlimmer noch als unansehnlich, widerwärtig –«

Je wütender man sie macht, desto größer ist die Chance, sie zu überrumpeln, wenn man zu fliehen versucht.

Der Fiddler fuhr fort: »– ich würde meinen, sie sind irgendwo zwischen stinkend und beschissen.«

Was er damit meinte, entging mir total. Ich wollte schon fragen, wie ich das zu verstehen hätte, als wir ein schrilles, fauchendes Gelächter vernahmen und eine weitere Katze wie eine riesige Eidechse aus der Dunkelheit glitt. Ich erkannte den Kater sofort.

»Hallo, Ginko.«

»Sieh mal da, mein alter Freund Manx McCatty«, sagte er und funkelte mich mit seinen Eidechsenaugen und einem öligen Grinsen auf seinem flachen, spitzen Gesicht an.

Ginko Fen war einer der berüchtigten Bandenführer der Südstadt. Er kassierte Schutzgelder im Hafengebiet von

Brisbane. Ich war mal vor zwei Jahren mit ihm aneinandergeraten, als er einem Freund von mir auf die Krallen trat. Nach einem kurzen Pfotengemenge landeten einige seiner Schnurrhaare in der Gosse. Ginko machte einen Rückzieher. Er war noch zu neu in dem Spiel, als sich mit dem Ärger herumzuschlagen, den ich ihm bereiten konnte.

Aber die Situation hatte sich offensichtlich geändert. Es sah so aus, als sei er nach Norden und damit ins Hunters-Point-Gebiet übergewechselt und als kontrollierte er sogar die Rodent Road. Das waren keine guten Neuigkeiten für die Eingeborenen.

»Hast du denn keine Angst hier draußen, Ginko, wo all die gefährlichen Mäuse rumrennen?«

Ginko lachte laut auf. »Ich habe vor gar nichts Angst! Jeder, der das Gegenteil behauptet, lügt wie gedruckt!«

Die anderen Kater traten nervös von einer Pfote auf die andere.

»Nicht einmal … Cratch?«

Der Fiddler spuckte den Namen regelrecht aus. Sie zuckten alle zusammen.

Ginko lachte nervös. »Nichts als Aberglaube! Dumme Gerüchte. Und Gerüchte machen Ginko nicht nervös.«

Der Fiddler blieb völlig gelassen. »Wie kommt es dann, daß du gerade siebenmal mit deinem Schwanz von Norden nach Süden gewedelt hast?«

Ginko hatte nicht vor, sich mit dem Fiddler auf eine Diskussion einzulassen. »Was hast du hier zu suchen, McCatty?«

»Ich bin sozusagen nur auf der Durchreise. Ich will zum Point.«

Allein der Name ließ sie schon still werden.

»Willst du etwa ein Hündchen adoptieren?« Ginko drehte sich beifallheischend zu seinen Gefolgsleuten um und animierte sie zu einem belustigten Lachen.

»Hunters Point ist gleich da hinten! Folgt den Gleisen bis zum Ende, dann richtet euch nach den hohen Schornsteinen –«

»Halt das Maul, Boomer!« fauchte Ginko den großen schwarzweißen Smokingkater an, der den Weg erklärt hatte.

»Mein Gott, Ginko, du hast doch gesagt, er sei ein alter Freund von dir –«

»Das war Ironie. Schon mal was davon gehört?«

»Wenn du sie loswerden willst, Ginko, kann ich sie für dich verprügeln.«

Das erschien durchaus möglich. Boomer war ein großer Kater mit einem riesengroßen Kopf. Der Fiddler und ich spannten uns innerlich.

»Warum zeigst du Mr. McCatty und seinem Freund nicht, weshalb es für sie gefährlich ist, sich hierherzuwagen? Aber sei vorsichtig, Boomer, benutz deinen Kopf«, sagte Ginko.

»Au ja! Ich zeig's ihnen!« Boomer war ganz aufgeregt.

Der Fiddler und ich tauschten einen kurzen Blick aus. Wir wußten nicht, was uns erwartete, aber wir hielten uns bereit, sofort zu reagieren.

Boomer entfernte sich ein Stück von uns, senkte den Schädel und rannte auf uns zu. Der Fiddler und ich wappneten uns gegen Zusammenprall. Ich dachte plötzlich an meinen alten Freund Bongo, der den Tod dabei fand, als er auf einer Bowlingbahn auf Mäusejagd ging. Aber Boomer wollte nichts von uns. Er raste mit enormem Tempo vorbei und zielte auf einen Holzbalken, der quer zwischen zwei Pfosten festgenagelt war. Der Fiddler und ich verfolgten staunend, wie er mit seinem massigen Kopf gegen das Brett rauschte und es mit lautem Krachen in einen Haufen Splitter verwandelte. Ohne auch nur einmal den Kopf zu schütteln, kehrte Boomer zu seinem Boß zurück.

Ich dachte mir, daß wir schon lange genug aufgehalten worden waren. »Weißt du, Ginko, an jedem anderen Tag wäre ich gerne noch ein wenig geblieben und hätte mir angesehen, wie dieser felide Rammbock die halbe City zerlegt. Aber mein Freund und ich haben etwas Wichtiges zu erledigen.«

Der Fiddler und ich machten Anstalten, weiterzugehen, doch der Kreis Katzen zog sich zusammen und hielt uns auf.

»Nicht so schnell, McCatty. Ich kauf' dir deine Story nicht ab. Du gehst doch niemals zum Tierheim. Also, was treibst du hier?«

Nervös. Paranoid. Es verbreitete sich in der ganzen Stadt. »Beruhige dich, Ginko.«

»Sag mir nicht, ich soll mich beruhigen.« Er fuhr die Krallen seiner linken Vorderpfote aus. Ein Linkspföter. »Irgend etwas ist im Gange. Ich spüre es.«

Ein drohendes Murmeln der Zustimmung wurde unter seinen Leuten laut.

»Hey, seht euch das mal an. Dreizehn Katzen in einem Halbkreis im Schatten einer Platane unter einem Dreiviertelmond.« Der Fiddler sagte es in einem geheimnisvollen Flüsterton. »Ihr wißt, was das heißt.«

Keiner rührte sich. Ginko erbleichte unter seinem Fell. Der Fiddler sprang in die Luft und krächzte wie ein Papagei. Die Katzen stoben auseinander wie Vogelfutter.

Während wir unseren Weg auf dem Gleis fortsetzten, drängte sich mir eine Frage auf.

»Was bedeutet es denn?«

»Es bedeutet, daß ich gleich hochspringe und wie ein Papagei krächze«, antwortete der Fiddler grinsend.

Wir saßen auf dem Kühlschrank. Und warteten. Wir hatten das Gebäude mehrmals umrundet und nach irgendeiner Zugangsmöglichkeit gesucht. Es gab keine. Allzu enttäuscht waren wir nicht. Keiner von uns beiden war besonders scharf darauf, das Innere von Hunters Point zu besichtigen. Draußen parkte der Tierfängerwagen, in der Katzengemeinde nur Rolling Rottweiler genannt, hinter dem Heim direkt neben einer Klinkermauer. Hinter der Mauer befanden sich die Hundezwinger. Eins der schmuddeligen Fenster war erleuchtet, und ab und zu konnte man die unfreundliche Stimme eines Menschen hören, wenn er erfolglos den Hunden zurief, sie sollten endlich still sein.

Also saßen wir da. Und warteten. Das einzige Problem war, daß wir nicht die geringste Idee hatten, worauf wir warteten.

Während der Mond langsam über den Himmel wanderte, wehrte ich mich gegen dieses altbekannte Gefühl der Hoffnungslosigkeit. Ein schöner Detektiv bin ich, dachte ich bei mir. Da sitze ich auf einem alten Kühlschrank, starre ein häßliches Gebäude an und hoffe, daß das Geschwätz einer durchgedrehten Katze mir plötzlich von selbst seinen Sinn erschließt.

Der Fiddler war eigentlich immer sehr viel geduldiger als ich gewesen.

»Irgend etwas scheint hier vorzugehen, Manx«, sagte er gedehnt. »Weshalb entspannst du dich nicht? Irgendwas wird bald geschehen.«

Scheinwerfer bogen um eine Ecke. Der Fiddler und ich sprangen in die Deckung eines Unkrautdickichts. Ein schlanker schwarzer Lieferwagen stoppte auf der Straße vor dem Tierheim, dann setzte er rückwärts in die Einfahrt. Auf der Tür stand die Aufschrift GAMMATRON. Der Fahrer schaltete den Motor aus und stieg aus. Er trug einen orangefarbenen Overall, ähnlich dem Modell, das die Straßenarbeiter der Stadt trugen.

Straßenarbeiter. Diese Kerle hatten Tiger Mike immer nervös gemacht.

»Ich werf' mal einen Blick durchs Fenster«, sagte Fiddler. »Ich möchte wissen, wie es da drin aussieht.« Er entfernte sich in Richtung Gebäude.

»Halte bloß den Schwanz unten.«

»Sie werden mich nicht sehen.«

Einer der Arbeiter des Tierheims kam durch eine Seitentür nach draußen und begrüßte den Lastwagenfahrer, dann verschwanden sie nach drinnen.

Ich schlich durch das Unkraut zum Wagen. Ich sprang hoch und packte die Gummifassung um die Heckfenster, doch das Glas war getönt, und man konnte nicht hindurchschauen. Ich sprang runter, ging nach vorne, sprang auf die Motorhaube und blickte ins Führerhaus. Alles völlig normal. Die Seitentür des Tierheims ging erneut auf, und ich sprang vom Wagen und versteckte mich hinter einem Müllcontainer.

Der Lastwagenfahrer und der Tierheimarbeiter trugen zwei Plastikkäfige, jeder mit einer Katze besetzt. Beide ausgewachsen. Beide wütend. Eine versuchte ihr Bestes, um an die Hand heranzukommen, die den Käfig trug, aber die Gitterschlitze des Käfigs waren zu schmal. Die Katzen wurden in den Lastwagen geladen. Ich erinnerte mich an Locos Worte: »Sie bringen sie alle weg. Alle Katzen.«

Der Fahrer stieg in den Wagen. Wo war der Fiddler? Ich erwartete, ihn gleich zu sehen. Aber keine Spur von ihm. Ich trabte zum Gebäude, als der Motor des Lastwagens hinter mir ansprang. Ich mußte schnellstens irgend etwas tun.

Ich sprang auf das Trittbrett an der Beifahrerseite, als der Lastwagen wendete und durch die Einfahrt zur Hauptstraße rollte.

KAPITEL 12

Der Lastwagen beschleunigte den Hunters Point Boulevard hinunter. Ich bohrte meine Krallen in das bißchen Gummi auf dem Trittbrett und preßte mich gegen die Tür. Eine scharfe Kurve den Berg hinauf, eine lange gewundene Straße durch ein Wohngebiet, dann auf der anderen Seite des Berges hinunter in offenes Küstengelände.

Der Fahrer donnerte durch die Dunkelheit wie ein Erdrutsch. Ich konnte die Katzenkäfige auf der Ladefläche hin und her rutschen hören. Die Insassen hatten sicherlich nicht viel Freude.

Ich auch nicht. Auf einem schlechten Straßenstück rauschte der Fahrer beinahe in den Graben. Ein Stein flog gegen mein gerades Ohr, und ich bekam eine Ladung Staub ins Gesicht, als der Fahrer den Wagen herumriß. Ich hatte bei meinen Taxifahrten quer durch die Stadt weitaus schlimmere Situationen erlebt, aber es war trotzdem nicht das, was ich mir unter einer halbwegs angenehmen Fahrt vorstellte.

Wir fuhren an der Bucht entlang und passierten das Baseballstadion. Dann jagte der Lastwagen über eine bergauf führende Straße und rollte an akkurat angepflanzten Bäumen und Sträuchern vorbei. Ein Schild verkündete GAMMATRON. Der Wagen näherte sich einem Wachtposten. Als der Fahrer bremste, sprang ich ab und verdrückte mich in einen Oleanderbusch. Ein Wächter winkte dem Fahrer zu und öffnete ein Tor. Danach fuhr der Wagen weiter bergauf. Ich konnte nicht erkennen, wohin er wollte, aber ich wußte, daß er es nicht mehr weit hatte.

Das Grundstück war von einem hohen Maschendrahtzaun umgeben. Ich ging an diesem Zaun, der sich den steilen Berg hinaufschlängelte, entlang und hielt nicht nur nach einem Weg hinein Ausschau, sondern auch nach einer möglichen Fluchtroute.

Ich fand, wonach ich suchte. An der steilsten Stelle des Berges stand ein alter hölzerner Strommast. Der Zaun verlief nur knapp anderthalb Meter davon entfernt. Ein dicker Ast einer alten Eiche ragte etwa einen halben Meter vom Strommast entfernt über den Zaun hinweg. Ich kletterte an dem Mast empor und sprang hinüber auf den Ast. Ich wollte mir den Ort genau ansehen. Als ich mir die Einzelheiten einprägte, entdeckte ich etwas im Zaun.

Ein Maschendrahtzaun ist nicht gerade eine leichte Kletterpartie für eine Katze. Man untersucht jede andere Möglichkeit, ihn zu überwinden – drunter herkriechen, ihn umgehen, eine andere Stelle suchen –, ehe man diese Plackerei auf sich nimmt. Was ich in diesem Zaun entdeckte, erschütterte mich bis ins Mark. Beim Darüberklettern war jemand mit einer Kralle im Zaun hängengeblieben und hatte sie einfach ausgerissen. Fleischstücke und Fellfetzen, blutig und steif, klebten noch daran. Weibchen, denen so etwas passiert war, erklärten, es sei schlimmer als eine Geburt.

Was immer GAMMATRON war, wenn ich erst einmal drinnen war, wollte ich sichergehen, daß ich auch wieder rauskam. Und zwar schnell.

Ich sprang auf der anderen Seite des Zauns hinunter. Auf dem Berg standen weitere Eichen, aber vorwiegend sah ich Eukalyptusbäume. Es war ein richtiger Wald mit einem würzigen, vertrauten Geruch. Der Geruch war betäubend. Ich bemerkte die Eule erst, als sie fast genau über mir war.

Es war ein Laut, den ich noch nie zuvor gehört hatte, und dennoch wußte ich instinktiv und sofort, was es war. Es war ein scharfes Flüstern, ein Rauschen. Das Geräusch des neunten Lebens, das an einem vorrüberrast.

Ich warf mich zur Seite, wirbelte herum und streckte die Krallen in die Luft. Der riesige Nachtjäger schlug mit seinen gefährlichen Klauen nach mir. Seine Flügel flatterten wie wild und wirbelten trockenes Laub und Staub hoch. Immer wieder schlug ich nach dem Vogel, um ihn zu beschäftigen, und drehte mich dabei ständig im Kreis. Ich fintierte und schlug und entging den tödlichen Klauen nur um Haaresbreite. Schließlich erwischte ich einen der Flügel mit meiner Pfote, riß ein paar Federn aus und brachte die Eule aus dem Gleichgewicht. Das verschaffte mir genau die Zeit, die ich brauchte. Ich schoß unter dem Vogel hindurch und raste mitten in einen Busch wilder Rosen. Gerettet.

Ein wütender Schrei zerriß die Nacht und hallte über die Bucht, als die Eule besiegt und überlistet das Weite suchte. Mein Herz schlug so schnell, daß meine Pfoten zitterten. Ich hatte Visionen von mir, wie ich auf einem Telefonmast hing, schlaff und leblos, während ein Vogel mit stählernen Augen das Fleisch von meinen Knochen riß. Das war knapp. Sehr knapp, McCatty. Ich war an diese freie Natur am Rand der City nicht gewöhnt. Eulen waren hier nicht die einzigen Raubtiere. Es gab auch wilde Hunde und Kojoten, die in den Hügeln und im Sumpfland der Jagd nachgingen.

Dann sah ich GAMMATRON.

Das Gebäude kam jenseits einer kleinen Lichtung in Sicht. Es war langgestreckt und schmal, hatte scharfe Ecken und eine abweisende schwarze Fassade. Es war derart an den Berghang gebaut worden, daß nur ein kleines Stück Mauer über den Hügel hinwegragte. Eine Reihe länglicher Fenster befand sich an der Rückseite. Die Vorderfront war streng und rein funktional gehalten. Sie bestand aus schwarzem Marmor und verspiegelten Fenstern. Die Lichter von Oakland auf der anderen Seite der Bucht spiegelten sich in den glänzenden Scheiben wider.

An einem Ende des Gebäudes teilte sich der Fahrweg. Die eine Hälfte der Gabelung führte an der Vorderfront vorbei zu einem entfernt liegenden Parkplatz. Der andere Arm führte um das Ende des Gebäudes ganz in meiner Nähe herum und schwang hinunter zur Tiefgarage. Ich rutschte den Berghang hinunter über einen gepflegten Rasen und versteckte mich im Halbdunkel, von wo aus ich die Garage beobachtete. Der Lastwagen, mit dem ich hergekommen war, parkte vor einer Laderampe. Menschen waren nicht zu sehen. Offenbar hatten sie die Fracht ausgeladen.

Ich huschte in die Garage und kauerte für einen kurzen Moment unter dem Lastwagen. Eilig arbeitete ich mich weiter vor. Es gab lange Reihen von Vorratsschränken und mehrere andere Fahrzeuge, die in einer geraden Reihe nebeneinander parkten. Auf einem Betonvorsprung standen einige große Stahlfässer mit der Aufschrift ›LÖSUNGSMITTEL – FEUERGEFAHR‹. Ich entdeckte an einer Wand eine Betontreppe, die zu einer Stahltür führte. Diese war geschlossen. Doch sie schien der einzige Zugang zum Hauptteil des Gebäudes zu sein. Ich wollte schon wieder umkehren und mir einen anderen Zugang suchen, als die Tür aufging. Ein Mensch in einem anderen orangefarbenen Overall kam durch die Tür, sicherte sie, so daß sie offenblieb. Er stieg die Treppe hinunter und ging zu einem der Vorratschränke. Ich wußte, daß es vielleicht meine einzige Chance war. Ich stürmte los und versuchte mein Glück.

Ich rannte die Treppe hinauf und wagte einen schnellen Blick um die Ecke in einen langen, leeren Korridor. Mehrere Türen befanden sich auf beiden Seiten des Flurs und eine Treppe etwa auf der Hälfte. Ich rannte zur ersten offenen Tür und schaute hinein. Ein großer Raum mit einem langen Tisch, der von Stühlen umringt war. Ich eilte zum nächsten Raum. Ein Büro. Keines der offenen Zimmer war interessant genug, um eingehender untersucht zu werden, daher schlich ich über die Treppe in die nächste Etage. Dort überfiel es mich. Der Geruch. Ein scharfer, unnatürlicher Geruch. Der gleiche Geruch, den der weiße Kater mit sich herumtrug.

Es gab weitere Türen, die den Flur säumten, aber diese Türen waren anders. Sie waren mit unterschiedlichen Farben gestrichen und mit seltsamen Symbolen versehen. Ich konnte ganz schwach Katzenstimmen vernehmen. Ich folgte dem Klang den Flur hinunter. Ich bog in einen anderen Korridor ein. Die Stimmen wurden lauter. Auf diesem Flur standen Karren, auf denen sich seltsame Gerätschaften befanden, Behälter mit Schläuchen, die mit Metallkästen verbunden waren, und Plastikeimer mit der Aufschrift ›Danger‹. Plötzlich öffnete sich eine Tür. Katzenstimmen drangen heraus. Ich quetschte mich unter einen der Karren. Ein Mensch in einem weißen Kittel und in weißen Gummistiefeln betrat den Flur und ließ die Tür hinter sich offen.

Ich flitzte quer durch den Korridor und in den Raum. Die Katzen verstummten.

Ich winkte ihnen aufgeregt mit der Pfote zu und bedeutete ihnen, weiterzureden. Die plötzlich einsetzende Stille konnte mich verraten.

Ich tauchte unter einen glänzenden Stahltisch, als sich der Kopf des Menschen durch die Tür schob. Die Katzen begriffen und nahmen ihre Unterhaltung wieder auf. Der Kopf verschwand, und die Tür wurde geschlossen.

Ich sah mich um. Zwölf Käfige standen auf einem Regalbrett knapp zwei Meter über dem Fußboden. Darüber befand sich eines der länglichen Fenster, durch die man auf den Berg hinter dem Gebäude blicken konnte. Bis auf zwei Käfige waren sie mit Katzen besetzt. Sie starrten mich an.

Ich habe selbst schon hinter Gittern gesessen. Ich habe den Ausdruck der Eintönigkeit und der Resignation in den Augen so mancher zähen Katze gesehen. Ich selbst hatte ihn gehabt. Was ich hier sah, war ganz anders. Verwirrung, Unglaube, ein Hauch von Grauen. Glasige Augen. Verfilztes Fell. Schmerz.

Ein kleiner Birmane kauerte zitternd an der Rückwand seines Käfigs. »Raus«, sagte er. Er hatte einen irren Blick. »Raus.«

»Manx? Hey, Manx! Na, prima. Mann, bist du hergekommen, um uns rauszuholen?«

Ich erkannte die Stimme auf Anhieb. »Chili Boy?« Er saß in einem Käfig am anderen Ende des Raums. »Wie bist du denn hier gelandet?«

»Ich bin in die Falle gegangen! Reine Blödheit, Manx. Ich schlenderte durch die Gegend, weißt du, hab' an nichts Böses gedacht. Dann roch ich etwas aus der Küche von Juanita's. Ich wollte nur mal nachschauen, weißt du? Aber sie haben mich ausgetrickst. Riefen den Rolling Rottweiler für mich. Man kann heutzutage niemandem mehr trauen.«

»Wer bist du? Wie bist du reingekommen?« fragte eine gescheckte Katze. Ihre Stimme war nur noch ein rauhes Flüstern.

Ich wollte es ihr gerade erklären, als die Tür aufging. Zu spät, um unter dem Tisch zu verschwinden. Ich erstarrte zur totalen Reglosigkeit wie ein Porzellanhase. Der Mensch kam herein, stellte einen Kasten ab und begann, etwas auf einer Karteikarte einzutragen. Er ging zur Tür. Dann blieb er stehen.

Ich atmete nicht. Ich sah weiße Stiefel immer näher kommen. Ich machte einen Satz zur Tür.

Der Mensch schlug die Tür zu. Ich bremste, geriet ins Rutschen und knallte hart dagegen.

Ohne den Blick auch nur eine Sekunde von mir zu lösen,

zog er eine Schublade auf und holte ein Paar schwerer, dicker Handschuhe hervor, Handschuhe, die gegen Katzenkrallen unempfindlich sind. Er sagte etwas in einen Kasten an der Wand. Ich vermutete, daß er Hilfe herbeirief.

KAPITEL 13

Diesmal kämpfte ich nicht. Es hatte keinen Sinn. Gegen zwei Menschen mit dicken Handschuhen war ich wehrlos, daher mimte ich das liebe Kätzchen und ließ mich hochheben und in einen Käfig sperren. Ich mußte meine Kraft aufsparen. Und ich war nicht in der Stimmung, mir eine Nadel ins Bein jagen zu lassen, die mich außer Gefecht setzte. Im Tierheim hatte ich eines gelernt, nämlich daß man immer eine Chance bekommt. Aus dem ein oder anderen Grund gehen die Türen auf, und wenn man sich clever anstellt, kann man diese Gelegenheit zur Flucht nutzen.

Chili Boy war enttäuscht von mir. »Manx! Was tust du, Mann? Du läßt dich von ihnen fangen, Mann! Du hast dich noch nicht mal gewehrt. Was ist mit dir los?«

»Man lernt, wann es sich lohnt zu kämpfen, Chili Boy.«

Seine Miene hellte sich auf. »Ach, du hast das extra getan! O Mann, bin ich blöd! Das alles gehört zu deinem Plan!«

»Plan?« fragte die Gefleckte. »Ein Plan, um uns hier rauszuholen?«

»Raus«, murmelte der Birmane, der immer noch zitterte.

Ich versuchte, ein verschmitztes Gesicht zu machen. »Du kennst mich doch, Kumpel. Ich habe immer einen Plan.«

»Santa Felina! In Ordnung! Habt ihr das gehört? Er hat einen Plan!« rief er den anderen Katzen zu. »Wißt ihr auch, wer das ist? Das ist Manx McCatty. Ihr kennt ihn!«

Aber ich hatte keinen Plan, und die anderen wußten es alle. Ich würde improvisieren müssen.

»Jetzt regt euch bloß nicht auf«, sagte eine lange, grauschwarz Getigerte ein paar Käfige entfernt. Sie stammte aus dem Mittelwesten und sprach mit leichtem Akzent. »Der einzige Weg nach draußen führt durch den Korridor, und zwar in den Händen der Weißkittel.«

»Wer bist du?« fragte ich sie.

»Ich heiße June Bug. Meine Menschen sind von Kansas hergezogen. Sie haben mich zurückgelassen. Paßte mir aber nicht, deshalb habe ich sie gesucht. Ich schätze, ich war nur noch zwei Blocks von ihrem Haus entfernt, als ich aufgegriffen wurde.«

»Dann verrat mir mal eins, June Bug. Was geschieht am Ende des Korridors?«

Ihre Stimme wurde dumpf. »Na ja, also, Mr. McCatty. Es gibt Dinge, die kann man mit Worten beschreiben, und Dinge ... Dinge, die man einfach erleben muß ...«

Ihre Stimme versiegte. Nacheinander meldeten die anderen Katzen sich zu Wort.

»Sie stechen dich mit Nadeln.«

»Sie schließen dich an Drähte an.«

»Sie schmieren irgendwelches Zeug in deine Augen.«

»Sie schneiden dich auf.«

Chili Boy war entsetzt. »Warum mußte ich auch nur zu Juanita's gehen?«

»Ja. Sie schneiden dich auf. Genauso wie sie es mit Sam da drüben getan haben.« Es war ein stämmiger kleiner weißbrauner Langhaariger mit runden Knopfaugen. »Wir nennen ihn nur deshalb Sam, weil wir seinen Namen nicht kennen. Er redet nicht.«

Ich sah zu der Katze, von der er sprach. Ein Kater, groß. So groß, daß er fast den gesamten Käfig ausfüllte.

»Wer bist du?« fragte ich den Zweifarbigen.

»Ich? Man nennt mich Popeye, weshalb, weiß ich nicht. Weißt du, sie haben Sam vor langer Zeit aufgeschnitten, als er viel kleiner war.«

»Du meinst, als Kätzchen?« fragte ich.

»Nein. Er war schon ausgewachsen. Aber nachdem sie ihn aufgeschnitten hatten, wuchs er ganz erheblich.«

»Hat jemand von euch schon mal was von Tiger Mike gehört?« Keine Antwort. »Von Bandido? Oder Jockey?« Auch diesmal keine Antwort. Allmählich begann ich zu befürchten, auf dem Holzweg zu sein. Aber so gründlich, daß es nun auch mich erwischt hatte.

»Habt ihr jemals einen weißen Kater hier gesehen? Einen ziemlich großen. Größer noch als Sam da drüben.«

»Ich kann mich an keinen weißen Kater erinnern«, sagte June Bug. »Und ich bin hier schon am längsten, außer Sam.«

Eine sehr leise, krächzende Stimme erklang. »Tiger Mike konnte abhauen. Ich hätte mit ihnen gehen sollen.« Es war Sam. Jede Katze im Raum richtete sich auf und starrte ihn verblüfft an.

»Hey, er kann ja reden«, sagte Popeye.

»Du hast Tiger Mike gekannt, Sam?« fragte ich sanft. Am Klang seiner Stimme erkannte ich, daß er Schmerzen hatte.

Sam schlug langsam die Augen auf und sah mich an. »Ich kannte ihn und die anderen. Sie sind geflohen. Vor etwa drei Jahren. Insgesamt sieben von ihnen. Ich hätte mitgehen sollen. Wirklich, ich hätte es tun sollen.«

»Wer waren die anderen, Sam? Außer Tiger Mike, Bandido und Jockey? Erinnerst du dich an ihre Namen?«

Er schloß wieder die Augen. Ich dachte schon, er sei erneut weggetreten. Aber nach ein paar Minuten sagte er: »Shoeshine. Er lebte bei einem Schuhputzer. Ein seltsamer Kerl …«

»Wer sonst noch? Weißt du etwas von den anderen?«

»Eine kleine rote Katze … mit hübschen Ohren.«

»Rosie? Lautete ihr Name Rosie, Sam?«

»Rosie. Genau, das war es. Zag. Zag gehörte auch dazu. Ein richtig toller Kater. Clever. Alle liebten Zag. Ich hätte mitgehen sollen. Und da war noch einer …«

»Kannst du dich an ihn erinnern, Sam? Sam?«

Er atmete aus, schloß die Augen und kauerte sich wieder zusammen.

»In ein oder zwei Tagen geht es ihm wieder besser«, sagte Popeye. »Sie haben ihn erst heute morgen zurückgebracht.«

»Diesmal war es besonders hart für den armen Kerl«, sagte June Bug.

Sieben Katzen waren vor drei Jahren von GAMMATRON geflohen, und nun wurde eine nach der anderen von dem weißen Kater umgebracht. Weshalb? In welcher Verbindung stand er zu ihnen? Ich dachte an Rosie. Ich wußte, daß sie mir etwas verschwieg. Aber wovor hatte sie Angst? Wer waren die anderen? Loco hatte ständig gesagt: ›Putzen, Mister.‹ War er Shoeshine? Die Katzen von den Docks kannten seinen richtigen Namen nicht. Drei Katzen waren noch am Leben. Zumindest hoffte ich, daß sie noch lebten. Rosie. Ein Kater namens Zag. Und ein Unbekannter.

Chili Boy unterbrach meine Gedanken. »Hey, Manx. Was ist mit deinem Plan? Meinst du, du könntest ihn in einer Stunde oder so durchziehen? Im El Mariachi findet nämlich heute ein großes Chili-Wettessen statt.«

»Okay, Chili Boy. Ich hole uns raus. Sieh du nur zu, daß dein Fell glatt bleibt. Wir kommen raus. Und zwar wir alle.« Die restlichen Katzen achteten kaum auf mich. Zwei von ihnen kicherten sogar hoffnungslos.

Das letzte Mal, daß ich eingesperrt war, hatte ich mich schon aufgegeben. Ich hatte jedoch Glück. Im Tierheim ist man niemals mehr als nur ein paar Tage und zwei Türen vom großen Abschied entfernt. Das Gefühl hockt ständig mit dir im Käfig wie ein großer stinkender Hund. Das Gefühl des Todes. Der ganz nahe ist.

Dies hier war jedoch ein wenig anders. Diese Katzen wurden rausgeholt, durch den Flur getragen und dann zurückgebracht, immer wieder. Und jedesmal saugte man ihnen ein weiteres Leben aus.

Ich verbrachte den restlichen Tag damit, mir den Raum anzusehen. Wenn es soweit war, aktiv zu werden, wollte ich jede einzelne Fliese kennen. Nur zwei von den anderen Katzen schliefen. Sie lagen still in ihren Käfigen, einige von ihnen mit erhobenem Kopf, und starrten auf die Käfigtüren. Chili Boy summte ein paar Songs. Der Birmane zitterte in einem fort und murmelte: »Raus.« Niemand kümmerte sich darum. Als der Morgen anbrach, begannen einige Katzen nervös auf und ab zu gehen.

Beim ersten Tageslicht schaute ich nur noch auf die Tür. Ich wollte die erste Chance nutzen und mein Glück versuchen. Ich brauchte nur eine winzige Gelegenheit.

June Bug sah, daß ich wartete und die Tür anstarrte. »Sie kommen schon bald rein. Das ist der schlimme Teil. Sie wollen nachsehen, wen sie für den Tag mitnehmen. Wenn du den Morgen überstehst, ist alles okay.«

Die Tür schwang auf. Ein weißbekittelter Mann kam herein. Er schob einen kleinen Rolltisch vor sich her. Er trug eine Gesichtsmaske und Handschuhe. Auf dem Tisch stand ein kleiner Käfig, und daneben lag eine Nadel, die sich am Ende eines etwa ein Meter langen Stiels befand. Der Mensch ließ seine Blicke über die Käfige schweifen. Er griff nach der Nadel und ging hinüber zu Chili Boys Käfig. Chili Boy geriet in Panik.

»Manx! Hilf mir! Er kommt her! O Mann! Hol mich hier raus!«

Ich fauchte und zischte den weißgekleideten Menschen an. Er drehte sich um und richtete seinen Blick auf mich.

Na, komm schon. Nimm mich, du haarloser Gemüsefresser. Ich bin es, den du willst.

Es funktionierte. Er kam herüber zu meinem Käfig und betrachtete mich. Ich hatte noch nie zuvor solche Menschenaugen gesehen. Sie waren kalt und leer. Sie sagten nichts. Sie sahen mich an, als existierte ich gar nicht. Als sähen sie nichts anderes als die Wand hinter mir. Na, komm schon! Öffne die Tür. Nur einen winzigen Spalt. Ich fauchte.

Aber er öffnete die Tür nicht. Statt dessen schob er die Nadel durch die Gitterstäbe und stach nach mir. Er war schnell. Schneller als die meisten Menschen. Offensichtlich hatte er eine Menge Erfahrung darin. Ich schlug zweimal die Nadel weg, aber beim dritten Versuch erwischte er mich an der Schulter. Er zog die Nadel schnell wieder heraus und fixierte mich nur.

Chili Boy war außer sich vor Freude. »Hey, Mann, danke! Donnerwetter! Du bist richtig gut in diesen Dingen. Das ist doch auch ein Teil deines Plans, nicht wahr?«

Es dauerte nur ein paar Sekunden, bis meine Beine sich anzufühlen begannen wie feuchte Nudeln. Ich verlor meine ganze Kraft. Ich bemühte mich, stehenzubleiben, aber es war zwecklos. Ich sackte immer tiefer und brach schließlich vollends zusammen. Ich hatte mich nicht mehr so gefühlt, seit mein Freund Paws und ich bei Maurice's in die Küche geschlichen waren und zwei Schalen Eierlikör geschlabbert hatten.

Der Mensch öffnete die Käfigtür und packte mich. Er zog mich heraus und stopfte mich in den kleinen Käfig auf dem Rolltisch. Ich konnte die anderen Katzen sehen, die mich alle anstarrten. Chili Boy hob eine Pfote. Ich hätte den Gruß gerne erwidert, aber in meinem Körper streikte jeder Muskel.

Durch den Korridor ... In einen hell erleuchteten Raum,

der vollgestopft war mit komplizierten Geräten. Einige davon summten. Andere hatten hell erleuchtete Bildschirme, über die irgendwelche Meldungen glitten.

Sie holten mich aus dem Käfig und schnallten mich in liegender Haltung in eine große, faßähnliche Kammer. Aufrecht. Nach Art der Menschen. Dann befestigten sie Drähte an meinem Kopf und am Bauch. Schließlich bohrten sie eine Nadel in mein Vorderbein. An der Nadel war eine lange, dünne Röhre befestigt. Ich fühlte mich immer seltsamer. Formen verzerrten sich. Reiß dich zusammen, McCatty, dachte ich, du hast noch viel zu erledigen. Alles fügte sich zusammen. Ich trieb in einer flüssigen Welt.

Die triefenden Formen begannen zu verblassen. In der Ferne sah ich den weißen Kater, der auf mich zurannte. Näher, immer näher. Weiß. Leuchtend weiß, versperrte er mir die Sicht. Der Kater befand sich genau vor mir. So weiß wie Mittagsnebel, der sich über die Stadt legt. Er sprang. Die Zeit blieb stehen. Ich war allein, verloren in einer weißen Unendlichkeit.

KAPITEL 14

Als ich erwachte, krabbelten Scharen von Feuerameisen durch meine Adern, und hundert Müllwagen donnerten über meinen Kopf hinweg. Ich rollte die Augenlider hoch, ganz langsam. Das Licht schmerzte. Die ganze Welt war von einem gelben Film bedeckt. Ich brauchte eine Ewigkeit, um meine Zunge von meinem Gaumen zu lösen. Ich stellte fest, daß meine Beine wieder funktionierten. Allerdings nur unzureichend. Ich kroch mühsam zu der Wasserflasche, die vorne am Käfig hing, und leerte sie.

Nach einer Weile rumpelten die Müllwagen in eine andere Wohngegend und hinterließen nur ein durchdringendes Klingeln in meinen Ohren. Ich hatte keine Ahnung, was mit mir geschehen war. Ich hatte eine vage Erinnerung an plötzliche, furchtbare Schläge, als sei ich von irgendeiner unsichtbaren Macht attackiert worden. Ich fragte mich, was es war, das die Menschen für so wichtig erachteten, daß sie jemanden einer solchen Behandlung unterzogen.

Ich zwang mich, auf die Füße zu kommen, und begann auf und ab zu gehen. Falls man es überhaupt gehen nennen konnte. Noch nicht einmal als ich gerade vier Tage alt war, war ich so wacklig auf den Beinen gewesen. Ein paar von den anderen Katzen redeten mit mir, aber das Klingeln in meinen Ohren übertönte ihre Stimmen. Ich marschierte weiter auf und ab und hoffte, daß die Bewegung mich frischer machte. Sie tat es nicht. Ich wurde davon nur müde. Es dauerte nicht lange, bis ich zusammenbrach. Mr. Sandkater packte mich im Nacken und schleuderte mich zurück ins Land der Träume.

Das durchdringende Klirren von etwas, das auf den

Fußboden fiel, schreckte mich aus dem Schlaf. Es war Nacht. Ich richtete mich mühsam auf. Die Muskeln fühlten sich besser an, und nachdem ich mich ausgiebig gestreckt und gereckt hatte, begann ich mich allmählich wieder wie ein großer, zäher Kater zu fühlen. Ein schöner Witz, McCatty, dachte ich. Aber ich hatte nicht die Kraft, darüber zu lachen.

Das Klingeln war noch immer in meinen Ohren. So heftig ich auch den Kopf schüttelte, es wollte nicht verstummen. Aber nun war es eher ein Hintergrundklingeln. Mein Gehörsinn kehrte zurück. Ich konnte eine Bewegung ausmachen. Ein Laborhelfer in einem orangefarbenen Anzug schob Plastikbehälter mit Futter durch eine schmale Drahtklappe am Boden des Käfigs herein. Ein Schüssel mit Körnerbrei erschien in meinem Käfig. Allein beim Anblick wurde mir schon übel.

Die meisten Katzen schlangen das Zeug hinunter.

»Hey, Manx? Bist du wach?« Es war Chili Boy.

»Ja, Chili Boy. Ich bin wach. Wie lange war ich weggetreten?«

»Nur zwei Stunden, Mann. Was haben sie denn mit dir gemacht? Wie entwickelt sich dein Plan?«

»Den Plan habe ich einstweilen aufgeschoben, Kumpel.«

Der Käfig unter mir war leer. »Was ist mit dem Birmanen geschehen?«

»Krämpfe«, beantwortete June Bug meine Frage. »Das passiert oft. Ich glaube nicht, daß Busby noch lange durchhält.«

»Haben die Menschen ihn mitgenommen?«

»Wenn sie Krämpfe haben, holen sie sie immer ab«, erklärte Popeye.

Krämpfe. Damit hatte ich doch einen Plan.

Eine Mensch in einem weißen Laborkittel schob einen

Stahlkarren in den Raum. Ich warf mich auf den Käfigboden, rollte mich auf den Rücken und begann mit den Beinen in die Luft zu treten und heulte dazu. Dabei schielte ich mit einem Auge zu dem Menschen hinüber. Er kam zum Käfig und machte ein ungehaltenes Gesicht. Dann schlurfte er zur Tür und brüllte etwas in den Flur.

Er holte die dicken Handschuhe aus einer Schublade und kam zu meinem Käfig zurück. Ich wand mich weiter hin und her, trat um mich. Es war ermüdend. Ein anderer Mensch betrat den Raum. Er hatte einen kleineren Käfig bei sich. Er stellte ihn auf den Tisch und ging wieder hinaus. Weißkittel öffnete meine Käfigtür und griff mit den dicken Handschuhen hinein. Ich hörte auf mich zu bewegen und wurde schlaff wie eine alte Bananenschale, als er mich packte. Er zog mich grob aus meiner Zwangsbehausung und trug mich durch den Raum zum anderen Käfig.

Als er sich anschickte, mich in meine neue Bleibe zu legen, lockerte er seinen Griff. Jetzt oder nie, Manx! Ich warf mich in seinen Händen heftig hin und her, schlug meine Krallen in die Handschuhe und wand mich, ehe er reagieren konnte, aus seinem Griff und ließ mich auf den Fußboden fallen. Er hechtete hinter mir her. Ich trat ihm den Rolltisch entgegen, und er stürzte fluchend zu Boden. Ein Sack Katzenfutter ergoß sich über ihn. Ich wünschte, ich hätte die Zeit gehabt, um diesen Augenblick vollständig auszukosten.

Ich stürzte durch die Tür nach draußen und den Flur hinunter. Dabei nahm ich den gleichen Weg, auf dem ich aus dem Keller heraufgekommen war. Ich überraschte einen Menschen, der aus einem anderen Raum erschien. Es war eine Frau. Sie ließ ein Glas mit einer gelblichen Flüssigkeit fallen. Es zerschellte auf dem Fußboden, und ein furchtbarer Gestank breitete sich im Korridor aus.

Weißkittel raffte sich auf und machte sich an die Verfolgung. Ich war zu schnell für ihn. Innerhalb von zwei Sekunden war ich zwei Treppen hinuntergeflitzt. Als ich unten ankam, fand ich die Tür zum Keller verschlossen vor. Mehrere Leute rannten im Flur herum. Sie alle blieben abrupt stehen, als sie Warnrufe aus dem Treppenhaus vernahmen. Ich versteckte mich zwischen zwei riesengroßen Topfpflanzen. Ich betrachtete meine Umgebung und suchte nach einer Fluchtmöglichkeit. Es sah nicht sehr gut aus.

Ich schaute durch eins der großen Vorderfenster. Jemand kam die Treppe zur Eingangstür des Gebäudes herauf. Er trug einen dicken Stapel Papier unterm Arm. Die Menschen in der Vorhalle suchten jetzt nach mir, und die anderen hatten beinahe das Ende der Treppe erreicht. Jemand entdeckte mich. Sie kamen auf mich zu. Der Typ, der sich der Eingangstür näherte, ließ einen Ordner fallen. Er bückte sich, um ihn aufzuheben. Hände griffen nach mir. Die Tür öffnete sich. Ich floh in Richtung Ausgang, sauste unter den zupackenden Händen hinweg. Der ahnungslose Mensch, der zur Eingangstür kam, hörte die Warnrufe seiner Arbeitskollegen nicht mehr rechtzeitig. Er stand dort völlig verblüfft und hielt die Tür auf. Ich flitzte über seine Füße hinweg und hinaus ins Freie.

Es war ein direkter Weg zu einem Kiefernwäldchen auf der anderen Seite der Zufahrt. Ich rannte zwischen die Bäume und warf mich in ein Farndickicht. Ich schaute mich um und wollte mich vergewissern, wie nahe meine Verfolger mir auf den Pelz gerückt waren, aber sie hatten längst aufgegeben. Einer von ihnen stand vor der Tür und blickte in meine Richtung. Er schüttelte den Kopf und kehrte ins Gebäude zurück.

Ich hatte das Gefühl, als würde mein Herz jeden Moment explodieren. Das brennende Gefühl strömte wieder durch meine Adern. Diesmal nicht so stark. Ich war irgendwie benommen. Ich mußte auf die andere Seite des Zauns gelangen, und zwar schnell. Es bestand immerhin die Möglichkeit, daß sie jemanden aufs Grundstück schickten, der nach mir suchen sollte, und ich hatte das Gefühl, als würde ich jeden Moment bewußtlos umkippen.

Ich hielt mich dicht am Zaun und strich zügig daran entlang. Wenigstens herrschte Nacht. Eine Katze hat in der Dunkelheit immer Vorteile. Ich beschrieb einen weiten Kreis und kämpfte mich den Hügel hinauf zu der Eiche, deren Ast über den Zaun ragte. Wenn ich Chili Boy und die anderen herausholen wollte, mußte ich mich beeilen. Ich erreichte den Baum, aber mein Puls raste noch immer wie verrückt, und es fiel mir schwer, mich auf den Pfoten zu halten. Ich machte ein paar tiefe Atemzüge und zwang meine Krallen, mich am Baumstamm hinauf und über den Zaun zu ziehen. Ich ließ mich auf der anderen Seite einfach auf die Erde fallen und rollte ein paar Schritte den Hügel hinunter.

Ich mußte einen sicheren Ort finden, um mich zu erholen. Abgesehen von den Menschen hatte ich Angst, daß noch eine weitere Eule durch die Nacht kreiste und Ausschau nach einem fetten Katzenburger hielt. Ich stolperte den Berghang hinab, bis ich zu einer großen Platane kam. Das Erdreich war teilweise weggespült worden, so daß das halbe Wurzelsystem freilag und eine Höhle hinter den knorrigen Wurzelsträngen entstanden war. Ich zwängte mich zwischen die Wurzeln und streckte mich aus.

Mein Kopf schien mir üble Streiche zu spielen. Ich stellte mir vor, ich hörte Fiddlers Stimme. Es war, als stünde er direkt vor mir.

»Bist du okay, du zäher Kater?« sagte er.

Ich versuchte die Halluzination zu verdrängen. Doch meine Ohren klingelten nur noch lauter. Dann redete er wieder.

»Nein, ich bin echt, wirklich. Meinst du, du schaffst es?«

Er stand ein paar Schritte entfernt auf dem Berghang.

»Was tust du denn hier? Meinst du nicht, daß ich selbst auf mich aufpassen kann?« In diesem Moment beschlossen meine Innereien, daß sie doch lieber draußen wären. Ein heftiges Würgen schüttelte mich.

Der Fiddler wartete einen Moment, bis der Anfall vorüber war. Er zuckte mit keiner Wimper.

»Ich hatte mir nur gedacht, daß es einfach nicht fair wäre, wenn du den ganzen Spaß alleine hättest. Ich habe hier draußen anderthalb Tage auf dich gewartet. Ich dachte schon, daß ich dir in den Bau folgen müßte. Du siehst nicht gerade blühend aus, Manx. Was haben sie da drin mit dir gemacht?«

»Keine Zeit jetzt. Ich … Ich brauche Ruhe. Da drin sind ein paar Katzen. Ich muß sie rausholen. Heute noch.«

»Hm-hm. Und wie sollen wir das anfangen?«

Ich schaffte es, ihm zu erklären, was ich vorhatte. Er hörte sich meine Instruktionen an, griff ins Unkraut neben sich und fischte einen hübschen fetten Ziesel heraus. »Der sieht zwar nicht besonders appetitlich aus, aber du mußt was essen. Ich habe zwei von denen unten am Stadion geschnappt.« Er warf ihn mir zu und verschwand in der Nacht.

Rund fünf Minuten später bekam ich, zu meiner Verblüffung, Hunger. An Zieselfleisch ist nichts Schlechtes. Es schmeckt ein wenig wie Taube.

Wir standen auf dem Hügel oberhalb der Rückseite der GAMMATRON Laboratories. Ich, der Fiddler und Boomer. Boomer war aufgeregt. »Welches Fenster? Hm, McCatty? Welches Fenster soll ich mir vornehmen?«

»Das dritte von rechts, Boomer. Aber nicht bevor ich es dir sage, okay?«

»Das dritte. Eins, zwei ... okay! Ja! Okay!«

Die Fensterscheiben waren dick und aus Sicherheitsglas mit Draht darin. Aber sie waren die einzige Möglichkeit, in den Raum zu gelangen, in dem die Katzen festgehalten wurden. Meine Hinterbeine sind stark, aber nicht so stark. Deshalb brauchten wir Boomer.

Ich hatte so eine Ahnung, daß er einer von den Typen war, die sich keine Herausforderung entgehen lassen, daher hatte ich den Fiddler losgeschickt, er solle ein wenig sein Ego kitzeln und ihn davon überzeugen, daß er noch eine echte Leistung vollbringen müsse. Er schluckte den Köder. »Es gibt auf der ganzen Welt kein Fenster, durch das ich nicht durchkomme!«

Wenn Boomer gegen das Fenster prallte, gäbe es einen Knall wie von einem Gewehrschuß. Wir brauchten eine Ablenkung. Ich befahl dem Fiddler und Boomer, sich bereitzuhalten, während ich für ein wenig Unruhe sorgte. Als ich mir die Tiefgarage von GAMMATRON angesehen hatte, war mir der Feuermelder am oberen Ende der Stahltreppe aufgefallen, die in den ersten Stock führte. Wenn ich einen ordentlichen Sprung zustande brachte, würde ich ihn auslösen können. Es war nicht viel, aber es reichte aus, um die Weißkittel für eine Weile aus dem Zellenblock rauszulocken.

Zwei Menschen in orangefarbenen Overalls standen in der Garage und unterhielten sich. Einer von ihnen rauchte eine Zigarette. Ein Lastwagen mit laufendem Motor stand in der Nähe. Der Raucher schnippte die Zigarette auf den Boden, stieg in den Lastwagen und fuhr davon. Der andere kletterte auf die Laderampe und begann, Kisten aufzustapeln.

Ich schlüpfte durch die Garagentür und schlich an einigen Schränken entlang. Dabei achtete ich darauf, daß niemand mich bemerkte. Ich wollte gerade zu meinem Sprung zum Feuermelder ansetzen, als die Tür am Ende der Treppe plötzlich aufging und ein weiterer Mensch hereinkam. Er entdeckte mich sofort und rief seinen Freund herbei.

Sie kamen langsam auf mich zu. Dabei waren sie schlau genug, sich zwischen mir und der offenen Garagentür zu halten. Ich ließ sie ganz nahe herankommen, dann sprang ich auf einen hohen Schrank. Einer von ihnen hechtete hinter mir her, stolperte über einen Kistenstapel und stürzte gegen ein großes Blechfaß. Das Faß rutschte von seinem Ständer herab, krachte auf den Betonboden, wobei das Füllventil abbrach. Lösungsmittel ergoß sich auf den Boden. Die Pfütze breitete sich aus und kroch auf die immer noch glimmende Zigarette zu.

Die Menschen entdeckten des Unvermeidliche kurz nach mir. Ich war schneller an der Garagentür als sie und war in Windeseile den Berg hinaufgerast. Sie schafften es, durch die Tür zu springen kurz bevor sich das Lösungsmittel entzündete.

»Bereitet euch auf den großen Knall vor, Jungs«, sagte ich, als ich bei Fiddler und Boomer ankam.

Der Fiddler grinste verschlagen. »Hast du wieder was Schlimmes gemacht, Manx?«

»Der Plan hat sich ein wenig ausgeweitet. Wir bekommen ein wenig mehr als das, was ich beabsichtigt hatte.«

Auf ein lautes Fauchen folgte eine mächtige Explosion. Ein Feuerball schoß aus der Garage heraus. Sirenen begannen zu heulen. Ich rannte zum Fenster, hinter dem sich die Katzen befanden, und warf einen Blick hinein. Ein Mensch rannte zur Tür.

»Okay, Boomer. Das ist dein großer Augenblick.«

Boomer machte ein paar Schritte auf das falsche Fenster zu.

»Boomer! Das nächste!«

»Ach ja.«

Er machte einen Buckel und warf sich nach vorn, senkte den Kopf und fixierte mit einem Auge sein Ziel. Er traf genau in der Mitte. Rrrummss! Die Scheibe zersprang nicht wie normales Glas. Sie bog sich nach innen, schien Boomers Körper zu umhüllen, während er in den Raum dahinter flog. Er segelte über die Käfige hinweg, prallte gegen einen stählernen Vorratsschrank und landete in einem Haufen aus Hühnerdraht, grünem Glas und Katzenfleisch auf dem Fußboden.

Lauter Jubel erhob sich von den eingesperrten Katzen.

»Das verleiht dem Begriff Kopfarbeit eine ganz neue Bedeutung«, sagte der Fiddler.

Wir sprangen durch das geborstene Fenster auf die Käfige. Chili Boy johlte und brüllte begeistert. »Ich hab's euch doch gesagt: Er kommt zurück. Hey, Manx! Ich habe ihnen gesagt, du kämst uns holen!«

Der Fiddler und ich arbeiteten schnell. Erste Rauchschwaden drangen bereits in den Raum. Wir öffneten die Käfigverriegelungen mit unseren Zähnen. Einige Katzen sprangen sofort heraus, andere mußten gelockt und gezogen werden, da sie vorübergehend von dem Gedanken an Freiheit wie gelähmt waren. Aber die instinktmäßige Reaktion auf den Qualmgeruch setzte sie in Bewegung.

»Laß uns verschwinden«, rief June Bug der ramponierten Gefleckten zu. Patchs Augen waren derart in Mitleidenschaft gezogen, daß sie kaum etwas erkennen konnte. Sie stürzte aus dem Käfig zwei Meter tief auf den Fußboden. June Bug sprang hinunter, hob sie wie ein junges Kätzchen hoch und schleppte sie hinaus.

Wir trieben die Katzen durch das Fenster hinaus. Für die meisten von ihnen war die Flucht eine mühsame Angelegenheit. Selbst die, die nicht sehr oft ans Ende des Korridors gebracht worden waren, hatten schwache Muskeln nach der langen Zeit in den Käfigen. Um vom Tisch auf den Schrank und dann aus dem Fenster zu springen, brauchte Popeye zwei Versuche. Dann kam Sam.

Sam hob vor dem Fenster eine Pfote zu einer pathetischen Geste. »Zu spät für mich.« Der Fiddler verpaßte ihm einen Klaps auf den Bauch. »Was ist los, Fettsack? Hast du schon vergessen, daß du eine Katze bist? Schwing endlich deinen Schwanz aus dem Fenster!«

Er überrumpelte Sam förmlich. »Wen nennst du Fettsack?« Er duckte sich und sprang. Er erwischte den Fenstersims und zog sich hinauf. Er schaute auf den Fiddler hinunter und lächelte. Ich hatte das Gefühl, daß es das erste Mal seit einigen Jahren war, daß er lächelte.

Boomer hatte ein paar leichte Blessuren im Gesicht, war aber ansonsten in Ordnung. »Wie sieht's aus, McCatty? Ich hab' dir doch gesagt: Es gibt kein Fenster, das ich nicht überwinden kann, oder?«

»Du bist der Kater, Boomer.«

»Andale, Amigos«, rief Chili Boy. »Das Feuer wird ganz schön heiß.«

»So hast du es doch am liebsten, Chili Boy.«

Wir stiegen den Berg hinauf zur Eiche. Auf einer kleinen Lichtung blieben wir stehen und blickten zurück auf das Labor. Feuerwehrwagen ließen in der Ferne ihre Sirenen ertönen und wurden immer lauter, je näher sie kamen. Es war zu spät. GAMMATRON war ein einziges tobendes Inferno.

Die menschlichen Angestellten standen auf der Zufahrt und schauten in die Flammen. Ich fragte mich, ob sie uns wohl jemals in Ruhe lassen würden. Ich konnte nicht erkennen, was die anderen Katzen dachten. Aber der Fiddler schaute von einem zum anderen. Auf seinem

Gesicht lag ein Ausdruck, den ich noch nie zuvor bei ihm bemerkt hatte. Er las ihre Gedanken. Tränen traten ihm in die Augen. Er wandte sich ab und ging zur Eiche. Wir anderen folgten ihm. Für längere Zeit sagte niemand einen Ton.

KAPITEL 15

Boomer hatte keine Idee, wie er mit der Tatsache fertig werden sollte, ein Held geworden zu sein. Ich hätte ein Pfund Taubenleber dafür verwettet, daß dies die erste anständige Tat in seinem Leben gewesen war. Aber die anderen Katzen wußten das nicht, und es wäre ihnen wohl auch ziemlich gleichgültig gewesen, wenn sie es gewußt hätten. Sie schütteten derart viel Lob über ihm und seiner Abrißbirne von einem Kopf aus, daß sein Fell errötete.

»So, Boomer«, sagte ich. »Man fühlt sich doch ganz toll, wenn man ein paar Mitkatzen aus der Klemme hilft, nicht wahr?«

»Das ist ganz okay«, erwiderte er und versuchte dieses Gefühl zu verstecken.

»Es ist auf jeden Fall besser, als allen anderen Leuten das Leben sauer zu machen, wie du es mit Ginko getan hast, oder?«

»Vielleicht. Ich weiß es nicht.«

»Er ist kein Held«, sagte der Fiddler. »Er hat diese Katzen nur gerettet, um zu zeigen, wie hart und zäh er ist. Stimmt es nicht, Boomer?«

»Wer hat dich denn gefragt?« entgegnete Boomer beleidigt.

Ich rechnete damit, daß er sich aus dem Staub machte, um Ginko und die Bande zu suchen, aber er blieb bei uns.

Wir schlichen über die Bahngleise und durch die Rodent Road. Wir kamen nur langsam voran. Zu langsam. Ich wollte schnellstens zu Rosie. Ich wußte, daß der weiße Kater nicht lange brauchen würde, um sie zu finden, wenn er sie nicht schon längst erwischt hatte.

Aber ein schnelles Vorwärtskommen war mit den Katzen von GAMMATRON nicht möglich. Sie alle wiesen irgendwelche seltsamen Nebenwirkungen von den kleinen Experimenten der Menschen auf. Patch war fast blind und mußte geführt werden. Ein anderer, ein hagerer gelber Bursche, wurde alle naselang bewußtlos. Sam war so lange eingesperrt gewesen, daß seine Pfoten ganz weich und seine Beine schwach waren. Er mußte alle zwei Blocks anhalten und sich ausruhen. Er redete ständig davon, wir anderen sollten ohne ihn weitergehen, aber niemand hörte ihm zu.

Zwei junge Katzen, die nicht sehr lange bei GAMMATRON gewesen waren, verschwanden auf eigene Faust. Sie waren typische Straßenstreuner und ganz wild darauf, endlich wieder in ihr Revier zu kommen. June Bug beschloß, ihre Reise zurück zu den Eigentümern, die sie in Kansas hatten sitzenlassen, doch noch zu beenden. Das begreife, wer will. Damit blieben ich und der Fiddler, Boomer, Chili Boy und ein halbes Dutzend anderer übrig. Diese Überlebenden waren allesamt Hauskatzen gewesen und nicht sehr glücklich bei der Vorstellung, sich ihren Lebensunterhalt auf der Straße zusammenkratzen zu müssen. Ich konnte es ihnen nicht verdenken.

Ich hatte den Fiddler darüber ins Bild gesetzt, was ich bei GAMMATRON erfahren hatte. Auch er machte sich Sorgen um Rosie.

»Wir müssen uns auf die Pfoten machen, Manx. Ich habe ein ganz böses Gefühl. Aber was tun wir mit dieser Truppe hier?«

»Dazu fällt mir eigentlich nur eins ein, Fid.«

»Ja!« Sein Gesicht leuchtete auf. »Die Katzenlady!«

Die Katzenlady von Potrero war ein älterer Mensch, der ein riesengroßes Haus in der Dakota Street an der der Bucht zugewandten Seite des Potrero Hill besaß. Sie nahm heimatlose Katzen auf. Ich hatte ihr bei zwei Gelegenheiten ein paar neue Gäste zugeführt, obgleich sie es bis heute nicht wußte. Als ich das letzte Mal dort gewesen war, hatte ich an die vierzig Katzen gesehen, wenn nicht noch mehr. Es war eine gute Sache – ein warmes Haus und täglich frisches Futter. Der einzige Nachteil war, es mit vierzig oder fünfzig anderen Schoßschnurrern teilen zu müssen. Aber es ist immer einfacher, mit einer ganzen Horde Katzen zurechtzukommen als nur mit ein oder zweien.

Wir marschierten die Twenty-fifth Street rauf und bogen dann in die Dakota ein. Wir gaben uns alle Mühe, die Katzen zur Eile anzutreiben, aber es nutzte nicht viel. Das Haus der Katzenlady befand sich am Ende der Straße gegenüber einem großen Kinderspielplatz. Es gab ein niedriges Holztor mit einer katzengroßen Öffnung an der Unterkante. Auf einem kleinen Schild über der Öffnung war zu lesen: ›Willkommen‹.

Es war beinahe Mitternacht, und das Haus war dunkel bis auf ein mattes Licht in einem Zimmer im zweiten Stock. Zwei alte Sofas standen rechts und links neben der Haustür auf der vorderen Veranda. »Ihr könnt bis morgen früh auf den Sofas schlafen. Dann wird die Katzenlady euch finden und sicher reinbitten.«

»Und wenn nicht?« fragte Patch.

»Ja, wenn sie nun den Rolling Rottweiler ruft und wir wieder in Hunters Point landen?« fragte Popeye. Plötzlich brach allgemeine Unsicherheit aus.

»Okay«, sagte ich. »Verhaltet euch ruhig.«

Ich schlüpfte durch das Katzenloch und lief die Treppe zur Haustür hoch. Dort hing eine große Glocke mit einem Seil. Ich schnappte nach dem Seil und zog heftig daran. Das Klingeln der Glocke war so laut, daß zwei von den Katzen sich im nächsten Gebüsch versteckten. Ich rannte die Treppe hinunter und hinaus auf den Gehsteig.

Im Haus gingen Lampen an, und eine schwache, müde

Menschenstimme war zu hören. Die Haustür wurde geöffnet, und die Katzenlady trat hinaus auf die Veranda. Sie war eine stets freundlich dreinblickende Frau, nun mit einem roten Bademantel bekleidet. Sie sah sich um und murmelte ein paar beruhigende Worte in die Nacht.

»Geht schon! Los!« sagte ich zu den Katzen.

»Danke, Manx. Mr. Fiddler. Boomer. Ich bin euch was schuldig. Ruft mich, wenn ihr mich braucht, egal wann und wo«, sagte der Gelbe.

Damit schlüpfte er durch das Loch und stieg vorsichtig die Treppe hinauf.

Die Katzenlady strahlte erfreut und hieß ihn in ihrem Haus willkommen. Sie streichelte ihn mehrmals und wollte schon die Tür schließen. Ich stieß einen schrillen Ruf aus. Sie hielt inne und drehte sich um. »Danke, Leute«, sagte Popeye und zischte durch das Loch und die Treppe zur Haustür hoch. Die anderen Katzen bedankten sich bei uns und folgten Popeye in einer langen Schlange. Patch bildete das Schlußlicht. Die Katzenlady war sprachlos vor Staunen über die mitternächtliche Prozession, aber alle wurden freundlich ins Haus gebeten.

Sam war endgültig der letzte. Er mußte mehrmals angeschoben werden, um durch das Loch zu gelangen, aber am Ende schaffte er es. Er taumelte über den Gartenweg und stolperte auf halber Treppe. Er war völlig erschöpft. Die Katzenlady kam wieder nach draußen und nahm ihn auf den Arm. Sie wiegte ihn wie ein Menschenbaby und trug ihn ins Haus. Die Tür fiel ins Schloß.

Plötzlich wurde ich von einer leichten Benommenheit ergriffen und mußte mich hinsetzen und abwarten, bis dieser Zustand abflaute. »Was ist mit dir, Chili Boy? Bist du das Leben auf der Straße nicht leid?«

»Ich? Bist du verrückt? Mann, ich wette da drin servieren sie dir keine Jalapeño Tostadas. Nein, das ist nichts für

Chili Boy. Ich muß zurück zur Mission. Wenn ich mich beeile, schaffe ich es noch zu den Abfalltonnen hinter Manuel's, ehe sie geleert werden. Wir sehen uns, Manx. Wenn du noch mal Hilfe bei einer Sache wie dieser brauchst, sag mir Bescheid. Adios, Fiddler. Hey, Boomer, hast du nicht auch was für scharfe Sachen übrig, Mann?«

»Äh, nee. Vielen Dank.«

»Okay. Wenn du irgendwann mal zur Mission kommst, dann frag nach mir. Vielleicht können wir mal zusammen eine Schüssel Milch leeren, Amigo.« Damit machte Chili Boy sich auf den Weg und trabte die 23rd Street rauf in Richtung Mission Boulevard und zu seinen geliebten Jalapeños.

Boomer starrte auf das große Haus.

»Es ist gar nicht so übel, Boomer«, sagte ich. »Zwei Mahlzeiten am Tag, jede Menge warme Körper zum Ankuscheln. Kostenloses Rückenkraulen.«

»Ich? Niemals! Ich halte nichts davon, ständig auf irgendeinem Schoß herumzuliegen.«

»Auch gut«, sagte ich.

»Hör mal, McCatty. Du bist okay. Ich meine, Ginko hat viel von dir erzählt, aber was dabei herauskam, das war nicht gerade … Auf jeden Fall bist du wirklich okay.« Er wandte sich um, wollte etwas zu dem Fiddler sagen, aber der schwarze Kater war verschwunden. Boomers Gesicht verzog sich zu einem breiten, ratlosen Grinsen. »Ich wollte ihn gerade fragen, ob es stimmt, daß er auf Befehl verschwinden kann. Ist so was zu fassen?«

Ich lächelte ebenfalls. Der Fiddler hatte seine Gedanken gelesen.

»Wir sehen uns sicher irgendwann mal wieder, Boomer.«

Ich holte zweimal tief Luft und spürte, wie meine Kraft zurückkehrte. Ich lief über den Spielplatz zurück zur

Straße. Dort fand ich den Fiddler, der auf einem Kletterbaum saß.

»Hey, Manx. Sieh dir das mal an.«

Ich sprang zu ihm hoch und folgte seinem Blick zum Haus der Katzenlady. Boomer war die Treppe hinaufgeschlichen und schnüffelte an einem der Sofas herum. Er sprang auf die Sitzfläche, schob sich mit den Pfoten ein Kissen zurecht, dann rollte er sich gemütlich zusammen.

»Rosie?« fragte der Fiddler.

»Ja. Und so schnell wie möglich.«

»Das klingt, als sei es mal wieder Zeit für einen kleinen Stoßstangenritt.«

Es war ein beängstigendes, gefährliches Spiel, aber in einer Notsituation mitten in der Nacht war es die einzige Möglichkeit. Man wartet an einer roten Ampel, springt auf die Stoßstange des ersten Wagens, der in die Richtung fährt, in die man will, und springt wieder ab, wenn er in die falsche Richtung abbiegt. Auf den Taxistoßstangen mitzufahren war schon heikel genug. Die Taxifahrer fuhren schnell, aber sie waren gut. Beim Stoßstangensurfen war alles möglich. Man brauchte nur einen betrunkenen Hintermann zu haben, und schon spielten sie einem das Requiem für die letzte Fahrt zur Tierverwertung.

Der Fiddler und ich hatten Glück. Wir erwischten einen Polizeiwagen, der nach Westen zur 20th Street unterwegs war, dann stiegen wir um auf einen Pick-up nach Norden zur Castro. Wir sprangen an der Waller ab, nahmen eine Abkürzung zu Fuß durch den Buena-Vista-Park, dann nahmen wir einen schnellen Renner, der uns durch den Golden-Gate-Park bis zum Lincoln Boulevard mitnahm. An der 17th Avenue sprangen wir wieder ab. Uns war schlecht von den Auspuffgasen. Auf dem Weg zu Rosies Haus wurde ich von einem erneuten Schwächeanfall heimgesucht. Ich konnte mich kaum bewegen und hatte Probleme beim Atmen. Das Klingeln in meinen Ohren, das nicht verstummen wollte, steigerte sich zu einem schneidenden Klirren. Ich stolperte in einen Garten und brach unter einem Busch zusammen. Nach etwa fünf Minuten versiegte das Sirenengeheul, und ich fand meinen Atem und meine Kraft wieder.

»GAMMATRON?« fragte Fiddler.

»Ja.«

»Die wissen wirklich, was einer Katze guttut.«

Rosies Haus war ein typischer Bau des Sunset District. Pseudospanisch mit jeder Menge Ziergitter und Rosenrabatten. Wir näherten uns dem Haus, als wir den Schrei des weißen Katers hörten.

Wir stürmten auf das Haus zu. Weitere Schreie ertönten. Zwei Hunde bellten wie rasend. Laute menschliche Stimmen mischten sich in den Lärm.

Der Fiddler und ich sprangen auf einen Zaun an der Seite von Rosies Garten. Sie lag in den Armen eines ihrer Menschen und blutete aus mehreren Wunden. Sie schien kaum bei Bewußtsein zu sein. Zwei schwarze Labradorhunde hatten die Pfoten auf den hinteren Zaun gelegt und kläfften wild. Wenn sie Rosie beschützen wollten, waren sie ein wenig zu spät gekommen. Ich aber auch.

Der Mensch trug Rosie zur Vorderfront des Hauses und bettete sie auf den Rücksitz eines Wagens. Dann rannte die Frau zurück ins Haus. Ich sprang vom Zaun herunter und spurtete zum Wagen. Die Tür war offen. Ich kletterte auf den Rücksitz.

»Rosie! Rosie, ich bin's, Manx. Kannst du mich hören?«

»Wir sind tot. Wir alle sechs.« Sie redete wirres Zeug, phantasierte. »Bad Luck. Du bist der nächste. Versteck dich. Lauf weg.«

»Rosie. Komm schon, Kleines, hör mir zu. Wer ist der

weiße Kater? Rosie?« Es hatte keinen Sinn. Sie wurde ohnmächtig.

Ich entdeckte den Menschen, der aus dem Haus kam, und verließ blitzartig den Wagen. Der Fiddler erwartete mich auf dem Gehsteig.

»Wie sieht sie aus, Manx?«

»Sie wird wohl durchkommen.«

»Ich habe mich kurz mit den Hunden hinten im Garten unterhalten«, sagte Fiddler. »Es scheint, als hätte sich eine ganze Katzenbande vor der Mauer hinten versammelt, um das Geschehen zu verfolgen.«

»Die Widgeries.«

»Darauf möchte ich wetten. Als der weiße Kater abhaute, sind sie ihm gefolgt.«

»Es würde mich nicht überraschen, wenn ich hören würde, daß zwei von diesen Verrückten mit aufgeschlitzter Kehle aufgefunden würden.«

Ein kleiner Junge mit Tränen in den Augen kam aus dem Haus gerannt und setzte sich zu Rosie auf den Rücksitz des Wagens. Der Wagen raste die Straße hinunter. Der Fiddler und ich schauten ihm nach, bis er verschwunden war. Wir konnten nichts mehr tun, daher schlugen wir den Weg zu einem ruhigen Fleckchen im Park ein.

Einige Zeit gingen wir schweigend nebeneinander her und folgten dabei dem Ufer des Stowe Lake. Auf einer Brücke im Japanischen Garten blieben wir stehen. Der Fiddler warf einen besorgten Blick zum nächtlichen Himmel.

»Es kommt, Manx. Was immer es ist. Und es ist ganz nahe. Verdammt nahe sogar. Mir gefällt gar nicht, was sich da ankündigt.«

»Ich weiß, was du meinst, Kumpel.«

»Hast du irgendwas aus Rosie herausbekommen?«

Ich schüttelte den Kopf. »Sie war ziemlich fertig. Sie hat

irgendwas von Bad Luck gemurmelt und davon, daß alle sechs tot seien. Moment mal. Sechs. Sie sagte ›alle sechs von uns‹. Sam erzählte, es seien sieben Katzen von GAMMATRON geflohen.«

»Vielleicht hat Sam sich vertan«, sagte der Fiddler.

»Vielleicht.« Aber irgendein nicht richtig ausgeprägter Gedanke geisterte durch meinen Hinterkopf. Noch konnte ich ihn nicht richtig zu fassen kriegen.

»Eine, vielleicht sogar zwei Katzen sind noch irgendwo da draußen, Fid. Zag und ein geheimnisvoller Kater. Unsere einzige Chance ist Zag, wer immer das sein mag.«

»Es wird nicht leicht sein ihn zu finden, wo sich im Augenblick doch fast jede Katze in der Stadt in irgendeinen Schrank verkrochen hat.«

Er hatte recht. Die Gerüchteküche wäre nutzlos, und auf den Straßen waren die gewohnten Streuner nicht mehr anzutreffen.

»Ich habe noch ein paar Quellen, die ich anzapfen kann«, sagte der Fiddler.

»Tu, was du kannst, alter Junge. Treffen wir uns nach Einbruch der Dunkelheit im Schuppen?«

»Gute Idee, Manx.«

Die frühe Morgensonne zog die Nebeldecke vom Ozean herunter und legte sie dafür auf die Stadt, als ich zum Schuppen zurückkehrte. Ich hatte noch zwei heftige Anfälle auf dem Nachhauseweg, und ich brauchte erheblich länger durch die Stadt. Dieses bohrende Gefühl in meinem Kopf machte sich noch immer bemerkbar, aber ich wußte, daß ich es nicht vertreiben konnte, ehe ich nicht ein wenig geschlafen hatte.

Ich streckte mich auf meinem blauen Wollager aus und versank in einen tiefen Schlummer. Aber ich schlief nicht allein. Direkt neben mir lag zusammengerollt das düstere Gespenst einer bevorstehenden Katastrophe.

KAPITEL 16

Ein eisiger Abendwind pfiff durch das Gebälk des Schuppens, kroch unter mein Fell und riß mich aus einem bösen Traum. Weiße Kittel, weiße Kater und tiefe dunkle Löcher.

Ich erschrak, als ich feststellte, daß noch jemand anderer zugegen war.

»Es ist okay, Manx. Ich bin es nur.«

Mimi saß unten auf dem Fußboden. Neben ihr lag eine Plastiktüte. Darin befand sich ein halbes Thunfischsandwich.

»Ich habe das am Fuß der Treppe gefunden. Ich dachte mir, daß irgend jemand es für dich dorthin gelegt hat.«

Ich sprang zu ihr hinunter.

»Hallo, Kleines. Wie lange bist du schon hier?«

»Lange genug, um zu wissen, daß jede Katze, die so schläft wie du, einiges erlebt haben muß.«

»Du hast recht. Und mit dem Sandwich hast du dich auch nicht geirrt.«

Während ich den leckeren Thunfisch verzehrte, erzählte ich ihr von GAMMATRON und von Rosie.

»Hat Mike jemals von einer Katze namens Zag erzählt?« fragte ich sie.

»Nicht, daß ich mich erinnern kann.« Sie erschauerte. »Es ist fast hier, Manx. Was immer es ist … ich kann es spüren.«

»Wir alle spüren es.«

»Meinst du, es ist der weiße Kater, Manx?«

»Ich fürchte, mir sind gerade die Antworten ausgegangen, Kleines. Bei dieser ganzen Sache komme ich mir allmählich vor wie ein hirntoter Truthahn.«

Mimi rieb ihr weiches Kinn an meinem Kopf. »Vielleicht fällt dem Fiddler irgend etwas ein«, sagte sie.

»Ja. Vielleicht.« Ich begann auf und ab zu gehen. »Da ist etwas, das mir völlig entgeht, Mimi. Ich habe das Gefühl, als läge es direkt vor mir. Etwas, das Rosie gesagt hat. Sechs Katzen. Was ist damit? Und weshalb fällt einer Katze, die soeben beinahe getötet worden wäre, nichts anderes dazu ein, als ›Bad Luck‹ zu sagen?«

»Ich würde es auch Bad Luck nennen. Sie hat ja wirklich Pech gehabt«, sagte Mimi.

»Aber das ergibt keinen Sinn.«

»Ein Freund von mir sagte mal, daß das Pech die Katzen liebt«, fügte Mimi hinzu. »Das hatte für ihn natürlich eine doppelte Bedeutung. Er hieß ...«

Ich erstarrte und fixierte sie gespannt. Ich wußte, was sie sagen würde.

»Sein Name lautete Bad Luck!«

»›Bad Luck. Du bist der nächste.‹ Das hat Rosie gesagt.« Demnach waren es am Ende sieben Katzen. Allmählich fielen die Puzzleteile an Ort und Stelle. »Wo finde ich ihn, Kleines?«

»Er ist vor einem Jahr aus North Beach weggezogen. Das letzte, was ich gehört habe, war, daß er Mäusejäger unten im Wachsmuseum ist.«

»Im Wachsmuseum. Gut. Das ist nicht weit. Kleines, du wartest hier auf den Fiddler. Wenn er erscheint, bring ihn auf den neuesten Stand und sag ihm, er soll schnellstens zum Wharf runterkommen.«

»Wir kommen beide, Manx.«

Ich leckte ihr einmal schnell übers Gesicht und jagte davon zu meinem Rendezvous mit dem Teufel.

Ich gelangte durch einen Luftschacht im Dachboden ins Wachsmuseum. Ich rutschte durch die Dunkelheit und fand mich in einem Lagerraum wieder. Hier befand sich eine Kollektion von Wachsfiguren in unterschiedlichen Stadien der Reparaturbedürftigkeit. Einige hatten keine Köpfe. Andere waren nur zur Hälfte bemalt und lehnten steif an den Wänden wie bleiche erstarrte Geister. Ich huschte ein paar Treppenstufen hinunter, dann durch einige Vorhänge hindurch und stand plötzlich Bad Luck gegenüber.

Er war ein nervöser alter grauer Kater mit weißen, großen Ohren.

»Wer sind Sie? Was haben Sie hier zu suchen? Wenn Sie nicht sofort verschwinden, kratze ich ihnen das Gesicht vom Schädel! Haben Sie verstanden?«

»Ich hab's gehört, Bad Luck. Aber ich werde nicht verschwinden. Sie jedoch schon. Und zwar schnell.«

»Ich gehe nirgendwohin.«

»Wollen Sie Zag in die Quere kommen?«

Sein Gesicht wurde ausdruckslos. Er verlor seine Selbstsicherheit und starrte mich nur an.

»Er ist auf dem Weg hierher. Seit GAMMATRON hat er sich jedoch ein wenig verändert. Vielleicht haben Sie schon davon gehört.«

Seine großen Ohren zuckten. »Dann ist es also doch wahr. Ja. Ja, ich habe es gehört. Er … er kommt her, um mich zu töten.«

»Nicht, wenn Sie sich schnellstens auf die Pfoten machen und verschwinden. Beeilen Sie sich. Vielleicht treffen Sie einen schwarzen Kater namens Fiddler und eine cremefarbene Siamesin namens Mimi. Das sind Freunde von mir.«

»Was haben Sie denn vor?«

»Ich werde Ihre Rolle spielen. Und jetzt hauen Sie endlich ab.«

Er haute. Ich suchte mir meinen Weg durch die dunklen Flure zum Kabinett des Grauens. Dort kauerte ich mich auf den Buckel des Glöckners von Notre-Dame und wartete inmitten der wächsernen Schreckensgestalten. Wartete auf eine weitere Schöpfung der Menschenwelt, die jedoch um vieles entsetzlicher war.

Das Gefühl drohenden Unheils näherte sich mit dem weißen Kater. Es war jetzt so stark, daß jede Katze in der Stadt entweder auf der Flucht war oder sich an irgendeinem finsteren Ort versteckte. Der Augenblick der Wahrheit stand unmittelbar bevor.

Ein plötzliches Krachen ertönte – das Geräusch splitternden Holzes. Meine Krallen gruben sich in die staubige Wolle des Glöcknerwamses. Er war da. Ein Schrei schnitt durch das Dunkel der Museumskorridore. Noch konnte ich seinen genauen Aufenthaltsort nicht feststellen. Sein Geheul war einfach zu laut. Zusammen mit dem Klingeln in meinen Ohren, das immer noch anhielt, hatte ich Schwierigkeiten, die Quelle des Jaulens genau zu lokalisieren.

Plötzlich war er da. Das riesige weiße Phantom stand in einem Durchgang und suchte die Winkel und Nischen des Horrorkabinetts mit seinen rotglühenden Augen ab. Er richtete sich auf seinen Hinterbeinen auf, sog witternd die Luft ein und stieß einen weiteren entsetzlichen Schrei aus. Wenn all die schrecklichen menschlichen Wasserspeier, die von ihren verschiedenen Vorsprüngen herabgrinsten, plötzlich zum Leben erwacht wären, hätten sie sich voller Entsetzen vor der Erscheinung unter ihnen in Sicherheit gebracht.

Aber ich empfand etwas ganz anderes als nur Entsetzen, als ich das wütende Monster betrachtete. Ich empfand tiefe Trauer und Mitleid. Seine Fellhaare fielen in großen Flecken aus, und als er mit seinen riesigen, tödlichen Pfoten durch die Luft wischte, konnte ich erkennen, daß fast die Hälfte seiner tödlichen schwarzen Krallen verschwunden war. Die grauenvollen tiefroten Augen waren riesengroß, brannten vor fiebriger Hitze und tränten heftig. An der Art und Weise, wie er in die Dunkelheit starrte, konnte ich erkennen, daß seine Sehkraft erheblich geschwächt war. Die Traurigkeit, die ich empfand, mußte die gleiche Traurigkeit sein, die auch Tiger Mike gespürt haben mußte, als er die furchtbare, bemitleidenswerte Erscheinung betrachtete. Die Menschen hatten mit ihren Experimenten ein Monster geschaffen, und jetzt war es im Begriff zu sterben.

Sein Kopf zuckte hoch, als ich das Wort ergriff.

»Jetzt verstehe ich, Zag.«

Die Worte kamen als Zischen aus seiner Kehle. »So! Bad Luck. Du bist der letzte.«

»Ich heiße Manx, Zag. Bad Luck ist nicht mehr da.«

Zerfetzte Augenlider senkten sich über seine roten Augen. Ich redete schnell weiter, so lange seine Verwirrung anhielt.

»Sie haben dich zurückgelassen, nicht wahr?«

Der Laut, der aus ihm hervorbrach, klang wie ein Schluchzen. »Sie haben mich dagelassen … haben mir nicht geholfen … dabei hatte ich die Flucht geplant! Ich habe sie gerettet …«

Seine Wut schien aus ihm herauszusickern. Dann war sie plötzlich wieder da.

»Ich töte dich! Töte euch alle! Denn ihr habt mich getötet!«

Er kam auf mich zu. Ich blieb, wo ich war.

»Nein, Zag, es war GAMMATRON! GAMMATRON hat dich zu dem gemacht, was du bist!«

Er warf den Kopf in den Nacken und heulte. Dann kam er weiter auf mich zu. Ich versuchte noch einmal, ihn durch einen Schock zur Vernunft zu bringen.

»GAMMATRON ist vernichtet, Zag. Bis auf die Grundmauern abgebrannt!«

Für einen kurzen Moment hielt er inne. Ich konnte einen vagen Anflug des Begreifens in seinen Augen entdecken.

»Verschwunden ... gut. Das ist gut.«

Für Sekunden erkannte ich, wer er wirklich war, was er gewesen war. Wie hatte Sam es ausgedrückt? Zag war ein toller Kater. Alle mochten Zag. Er war auch clever. Clever genug, um eine Flucht aus einem Laden wie GAMMATRON zu inszenieren. Ein Held. Dessen Kralle in einem Maschendrahtzaun hängenblieb. Die anderen Katzen hatten zuviel Angst, um irgend etwas zu unternehmen. Wahrscheinlich waren die Menschen hinter ihnen her. Deshalb flohen sie. Es war nur schwer vorstellbar, was die Menschen mit ihm angestellt hatten, das einen Kater in diese tödliche Erscheinung vor mir verwandeln konnte.

Für eine Sekunde herrschte Verständnis zwischen uns. Aber die Schädigungen seines Gehirns waren zu schwer, seine rasende Wut zu übermächtig. Der herzzerreißende Moment der Klarheit verstrich, und das Feuer der Rache loderte wieder auf.

Er sprang auf eine künstliche Burgmauer mir gegenüber, die sich neben einem grinsenden Ei mit menschlichen Armen und Beinen befand.

»Hör mir zu, Zag –«

Er stieß wieder einen grauenvollen Schrei aus und kam mit enormer Wucht auf mich zugeflogen. Ich wischte unter ihm durch und landete hart auf dem Fußboden. Ich schoß um eine Ecke und blieb mitten in einem Korridor stehen.

»Zag! Es ist alles vorbei!«

Er sprang hinter mir her, schleuderte mich rückwärts gegen einen mit einem Messer bewaffneten menschlichen Killer. Die Wucht des Aufpralls warf die Wachsfigur um.

Ihr Kopf brach ab und rollte gegen eine Wand. Seine Kraft war erstaunlich.

Ehe ich mich orientieren konnte, war er schon über mir und schlug und fetzte auf mich ein. Aber seine Bewegungen waren unkontrolliert, und er zielte schlecht. Seine mangelhafte Sehfähigkeit und seine fehlenden Krallen behinderten ihn. Er landete lediglich jeden fünften oder sechsten Schlag. Aber seine Kraft und seine Wut machten seine Handicaps wett. Er riß mir das Fell an der Schulter auf und bohrte mir eine schwarze Kralle hinter dem Ohr in den Schädel. Es gelang mir, ihm auszuweichen, ohne daß er mich am Kopf voll erwischte. Ich drehte mich auf den Hinterbeinen, versetzte ihm einen wuchtigen Tritt, schüttelte ihn von mir ab und zog dabei meine Krallen über seinen Bauch. Er kreischte in grenzenloser Wut auf.

Ich rannte blindlings den Korridor hinunter. Ich konnte ihn dicht hinter mir spüren. Ich hatte keine Idee, wohin meine Flucht mich führte, und bedauerte es plötzlich, daß ich mir nicht die Zeit genommen hatte, mir die verschiedenen Flure und Gänge des Museums besser einzuprägen.

Ich bog um eine weitere Ecke und fand mich im Foyer unweit der gläsernen Eingangstüren wieder. Ein weißer Blitz fuhr aus der Dunkelheit heraus und warf mich zu Boden. Wir verpaßten uns gegenseitig furchtbare Treffer. Ich traf öfter als er, aber seine Treffer waren wirkungsvoller. Ich wand mich aus seiner Umklammerung und sprang auf die Glastheke des Souvenirladens. Dann setzte ich meinen Weg zu der kleinen Bude einer Wahrsagerin fort, die mit einer wächsernen Zigeunerin besetzt war. Die weiße Katze sprang, packte meinen Nacken und riß mich zurück auf den Fußboden. Wir rutschten gegen einen stählernen Putzeimer auf Rädern. Der Eimer flitzte über den Fußboden und zertrümmerte eine der Glastüren. Alarmsirenen heulten ohrenbetäubend los.

Ich befreite mich erneut mit einem Tritt von dem weißen Monster und rannte nach draußen. Die kalte, salzige Luft brannte, als sie auf meine Wunden traf. Ich jagte über die Straße und kletterte auf einen Stapel Eisenbahnschienen. Der weiße Kater kam langsam durch die zerbrochene Tür des Wachsmuseums nach draußen. Seine weiße Gestalt war jetzt blutverschmiert. Sein Blick war starr auf mich gerichtet. Er verfolgte mich wie ein Alptraum.

Plötzlich erzitterte sein Körper heftig, und er stieß einen verzweifelten Ruf aus. Er befand sich im Todeskampf. Ich wußte jetzt, wenn ich lange genug außerhalb seiner Reichweite blieb, dann könnte ich es schaffen.

Ein weiterer Ruf erklang in der Nähe, und mehrere von den Widgeries erschienen auf einem Holzstapel neben mir. Sie versperrten mir den Fluchtweg.

»Laßt ihn nicht vorbei«, sagte Magus. »Der Meister will ihn haben!«

»Ihr Idioten«, schimpfte ich. »Seht ihn euch doch an! Das ist nicht euer Meister. Das ist ein armer, bemitleidenswerter Kater, dessen Kopf jeden Moment explodiert. Verschwindet lieber von hier, ehe euch etwas zustößt!«

»Wir werden sehen ...« Magus wollte fortfahren, aber er wurde plötzlich von einer großen schwarzen Tatze rückwärts vom Holzstapel gerissen und auf den Erdboden geschleudert.

»Du und deine Freunde, ihr haltet euch da raus«, sagte der Fiddler. »Ist das klar?«

Weitere Widgeries tauchten aus dem Dunkel auf und rückten gegen den Fiddler vor. Mimi und Bad Luck tauchten aus den Schatten auf. Mimi schlug zwei von ihnen heftig auf die Nasen. Bad Luck fauchte zur Unterstützung.

»Niemand kann den Meister aufhalten«, sagte Magus.

Der weiße Kater hatte sich erholt und kam erneut auf

mich zu. Die Widgeries wollten ebenfalls eingreifen. Es sah aus, als würde das Folgende ziemlich häßlich.

Plötzlich blieb der weiße Kater mitten auf der Straße stehen. Er rührte sich kaum, war still. Dann erbebte er. Sein Maul öffnete sich und enthüllte schwarzes Zahnfleisch und gelbe Zähne. Kein Laut drang aus seiner Kehle. Er stürzte zu Boden und wand sich in einem tödlichen Krampf. Voller Entsetzen verfolgten wir das Geschehen.

Dann schlug es zu.

Als ob die Erde sich ebenfalls an dem Krampf beteiligen wollte, erklang unter uns ein dumpfes Rumoren. Dann eine Explosion. Ein Erdbeben. Gigantisch und mächtig. Die ganze Welt erzitterte plötzlich und wankte. Die alles beherrschende, tödliche Macht der Natur verwandelte jede lebende Kreatur in einen hilflosen Sklaven. Der Lärm war eine Summe aller Geräusche, die sich zu einem einzigen knirschenden Donner vereinigt hatten.

Katzen stoben in alle Richtungen davon und suchten voller Entsetzen, aber erfolglos einen sicheren Ort. Der Holzstapel unter mir zerfiel wie ein Bündel Zahnstocher in einem Wirbelsturm. Ich sprang hinunter auf den schwankenden Untergrund, verlor das Gleichgewicht und stürzte schwer. Ich war völlig benommen, schaffte es aber, mich hochzurappeln. Ein Strommast kippte um und krachte direkt neben mir auf die Erde. Funken sprühten hoch und versengten mir das Fell. Ich hielt Ausschau nach dem Fiddler und Mimi, aber die Erschütterungen waren so heftig, daß ich kaum etwas erkennen konnte. Dann erblickte ich den weißen Kater.

Während Glas klirrend zersprang, die Mauern einstürzten und Transformatoren über uns explodierten, stand er auf der Mitte der Straße, wand sich noch immer in Krämpfen und heulte den schwarzen Himmel an, als sei er es, der das furchtbare Beben erzeugte.

Das ohrenbetäubende Donnern wurde von einem reißenden Geräusch übertönt. Ein riesiger Spalt klaffte im Erdreich. Er wanderte die Straße entlang, schnitt durch das Pflaster, als sei es Schlagsahne. Der Spalt erinnerte an ein hungriges Maul.

Während ich verzweifelt versuchte, mich auf den Pfoten zu halten und auf herabstürzende Trümmer zu achten, sah ich, wie der weiße Kater am Rand des Spaltes stand. Er schlug mit den Pfoten in die Luft, als kämpfe er nun gegen die Mächte des Erdbebens. Das Stück Straßenpflaster, auf dem er sich hielt, brach ab. Das weiße Monster brüllte herzzerreißend auf, suchte irgendwo Halt, fand nichts, versuchte sich nur noch an die Nacht zu klammern. Aber die Nacht verschmähte es. Es stürzte in den Abgrund.

Genauso unvermittelt, wie es begonnen hatte, endete das Erdbeben. In der Ferne konnte ich die Schreie von Menschen hören, Alarmsirenen, dann das Rauschen von Wasser, das aus geborstenen Rohren strömte. Ich sah keine anderen Katzen.

»Mimi Mimi! Fiddler!« rief ich. Ich bewegte mich auf zitternden Beinen weiter, suchte nach meinen Freunden.

»Hier drüben«, antwortete Mimi. Sie hatte hinter einer Betonmauer Schutz gesucht.

Wir sahen einander an, zu erschüttert, um einen Laut hervorzubringen. Wir waren beide verletzt und bluteten, aber wir waren wenigstens halbwegs unversehrt geblieben.

»Wo ist Fid? Fiddler?«

Ich entdeckte plötzlich einen schwarzen Schwanz, der unter den Eisenbahnschienen hervorlugte. Ich rannte hin. »Fiddler! Fid! Mach keinen Quatsch, du schwarzer Teufel!« Keine Antwort. Er konnte unmöglich noch am Leben sein.

Ich setze mich hin. Oh, Fid. Das kannst du mir nicht

antun. Deine Zeit war noch nicht gekommen. Am liebsten hätte ich selbst den Himmel angeschrien.

»Manx, sieh mal!« Mimi saß auf der anderen Seite der Schiene. Ich sprang zu ihr hin. Eine Vorderpfote schaute auf der Seite heraus. Sie war weiß.

»Einer von den Widgeries«, sagte eine Stimme hinter mir. Ich fuhr herum, und der Fiddler kroch zwischen zwei Holzkisten hervor, die bei dem Erdbeben zerdrückt worden waren. Er war über und über mit Erde und Mörtel bedeckt. »Hast du mich gerufen, Manx? Ich muß mir erst mal den Dreck aus den Ohren wischen.«

Ich versetzte ihm einen spielerischen Kinnhaken. »Schön, deine häßliche Visage zu sehen, alter Junge.«

»Ich frage mich, ob Bad Luck es geschafft hat«, sagte Mimi.

Der Fiddler deutete auf eine umgekippte Mülltonne. »Seht mal dort.«

Bad Luck arbeitete sich aus dem Abfallberg heraus. Er war über und über mit Tomatenketchup, Senf und geschmolzenem Schokoladeneis beschmiert.

Wir lachten aus reiner Hilflosigkeit und Erschöpfung.

Ich ging auf den Erdspalt zu und blickte in den tiefen, schwarzen Schacht. Die anderen folgten mir.

»Es war ein Erdbeben, das wir gespürt haben«, sagte Fiddler. »Das war es, worauf alle die ganze Zeit gewartet haben. Und jeder hatte geglaubt, es sei der alte Cratch gewesen, der erscheinen sollte, um uns alle ins Grab zu bringen.«

»Seltsam, wie alles gleichzeitig passierte«, sagte Mimi.

»Reiner Zufall«, meinte ich.

Der Fiddler sah mich an. »Ich dachte, du glaubst nicht an Zufälle.«

»Laßt uns von hier verschwinden«, drückte ich mich um eine Antwort herum. Dann machten wir uns auf den Weg in die ramponierte City.

KAPITEL 17

Mimi und ich lagen auf dem Wassertank auf dem Dach von Caruso's und putzten uns nach dem Abendessen. Wir hatten soeben eine Tüte Fisch und Chips verzehrt, die wir uns aus einem englischen Pub ein Stück die Straße rauf besorgt hatten. Das warme bernsteinfarbene Licht eines vollen Mondes tanzte auf den Fluten der Bucht, und aus der Bar wehten die Klänge einer dramatischen Opernarie zu uns herauf. Die Stadt sah beinahe friedlich aus. Beinahe. Hier und da waren Flecken grellen Lichts zu sehen, wo Arbeitskolonnen rund um die Uhr damit beschäftigt waren, alles wieder in Ordnung zu bringen.

San Francisco hatte sich einen schweren Kinnhaken des Universums eingefangen. Die Stadt war zu Boden gegangen. Aber sie rappelte sich wieder auf. Mehrere Bezirke an der Marina waren vollständig zerstört worden. Gebäude waren eingestürzt, und ein gutes Viertel aller Straßen in der Stadt war unpassierbar. Den größten Schaden hatte das Feuer angerichtet. Es dauerte zwei Tage, um alle Brände zu löschen. Der Gestank verkohlter Gebäude würde sich noch mehrere Monate lang halten.

Seit dem Erdbeben wohnte ich bei Mimi. McCattys Schuppen war für eine Weile nicht zu benutzen. Der alte Cablecar-Schuppen hatte einiges abbekommen. Eine Wand war teilweise eingestürzt, und zwei Wagen waren total zerstört worden. Aber die Reparaturarbeiten an den Schuppen standen an erster Stelle der Dringlichkeitsliste. Jedermann wußte, daß San Francisco sich erst dann wieder richtig lebendig fühlen würde, wenn die Cablecars mit ihrem typischen *Klack, Klack, Klack* bergauf und bergab verkehren würden.

Unterdessen versorgte Mimi meine Wunden. Ich erfuhr mehr über die Katzen von Venedig und wurde der Opernmusik von Tag zu Tag überdrüssiger, obgleich es mir immer noch Spaß machte, mitzuverfolgen, wie Caruso die Hintertreppe hinunterfiel. Der einzige heikle Moment kam, als der Barkeeper einen Freund holte, der Tierarzt war. Er sah sich meine Verletzungen an und rammte mir eine Nadel in den Nacken. Sie brachte mich nicht um, daher nehme ich an, daß diese Prozedur half. Die Wunden heilten ziemlich schnell.

Der Fiddler kam einmal vorbei, um nachzusehen, wie es mir ging, und erzählte uns, daß Rosie es geschafft hatte. Einige Erdbebenopfer wohnten vorübergehend in seinem Haus. Zwei Menschen und eine etwas dämliche Shi Tzu. Poppyseed hatte sich mit einem freundlichen Nachbarn ein Stockwerk höher zusammengetan, und der Fiddler verbrachte viel Zeit im Park. Er lud mich und Mimi zu einer kleinen Mitternachtsparty ein, sobald ich wieder fit war und Lust dazu hatte.

Im Grunde war es mir egal, wie lange die Reparaturarbeiten an dem Schuppen dauerten. Ich gewöhnte mich daran, daß Mimi in meiner Nähe war. Wir verstanden einander. Wir redeten nicht über die Zukunft und auch nicht über die Vergangenheit. Wir streunten einfach durch die Gegend und taten, wozu wir gerade Lust hatten.

»Laß uns ein wenig rumziehen, Manx.«

»Klar, Kleines. Und wohin?«

»Ich habe kein bestimmtes Ziel. Einfach so.«

Wir benutzten die Feuertreppe und liefen runter auf die Gasse. Halb North Beach war wegen der Erdbebenschäden gesperrt. In den wenigen Bars und Restaurants, die geöffnet waren, hielten sich immer nur wenige Gäste auf, und sie schlossen schon sehr früh am Tag. Um diese Nachtzeit konnten Katzen mitten über den Broadway bummeln. Was wir auch taten.

Es würde alles wieder zurückkommen. Es würde eine Weile dauern, aber die Lichter würden wieder angehen, die Ausrufer würden wieder auf den Gehsteigen die Touristen umgarnen, und der Knoblauchduft würde wieder aus den Nudelparadiesen herausdringen. North Beach war genauso wie Boomers Schädel. Unzerstörbar.

Wir streunten am North Playground an der Columbus entlang, als wir beide plötzlich mitten im Schritt innehielten. Ein Menschenkind hatte das Bild einer großen Katze auf den Gehsteig gemalt. Mit weißer Kreide. Wir betrachteten es lange, ohne ein Wort zu sagen. Wir sind beide nicht abergläubisch, aber wir sahen zu, daß wir schnellstens drum herumgingen.

Wir spazierten gemütlich durch den Aquatic-Park, als Mimi unvermittelt stehenblieb. »Manx, sieh mal«, flüsterte sie.

Ich blickte durch ein Beet hoher Farnwedel. Ein alter Siamese lag stolz auf einem großen Steinklotz. Fünf gespannte Kätzchen blickten staunend zu ihm auf, während er ihnen die Geschichte erzählte.

»Und genauso wie die alten Katzen es prophezeit hatten, kam Cratch tatsächlich zurück! Er war hier, unter uns, vor kurzer Zeit erst. Er war aus der Erde hervorgekrochen, weiß und bedrohlich. Er kam zurück, um seinen Schatten zu suchen und die Nacht zu beherrschen. Seine tödlichen schwarzen Krallen hinterließen überall in der Stadt ihre Spuren und vernichteten alles, was ihm begegnete. Einige der tapfersten Katzen unter uns versuchten ihn aufzuhalten, aber sogar sie versagten!«

»Was ist denn dann geschehen?« fragte ein ungeduldiges Kätzchen mit piepsiger Stimme.

Der alte Siamese funkelte es ungehalten an. »Sei still!

Wo war ich? Ach ja. Es gab nur eine einzige Katze, die ihn aufhalten konnte. Felina selbst! Sie hörte die Hilferufe ihrer sterblichen Brüder und Schwestern und stieg aus dem Nachthimmel herab. Es heißt, daß Katzen, die auf den Bergen und Hügeln leben, sie in dieser Nacht zwischen den Sternen tanzen sahen. Als sie Cratch entdeckte und die furchtbaren Dinge sah, die er angerichtet hatte, brach ihre Wut hervor wie ein Vulkan. Sie stieß ein lautes Fauchen aus, das die Erde erschütterte und sie weit aufriß. Und Cratch wurde in das tiefe Loch zurückgeschleudert, aus dem er hervorgestiegen war!«

Ein anderes Kätzchen fragte mit zitternder Stimme: »Hat er seinen Schatten gefunden?«

»Nein«, antwortete der alte Geschichtenerzähler. »Wir sind von Cratch befreit …, aber wir werden niemals seinen Schatten loswerden.«

Die Erdspalte, in die er gestürzt war, ist vor einer Woche aufgefüllt worden. Der arme Zag litt nicht mehr. Zag. Nicht Cratch. Nicht der Dämon der Finsternis. Nur Zag. Ein armer Teufel, der zur falschen Zeit durch die falsche Straße gestreunt war. Jemand hatte ihm irgend etwas eingepflanzt, das ihn in einen Mörder verwandelt hatte. Jemand anderer hat ihn zur Legende werden lassen.

Die Katzenwelt ist schon was Verrücktes …

ENDE

Band 13 673

Christopher Reed

Die Katzen-Gang

Deutsche Erstveröffentlichung

Böses lauert in den Straßen San Franciscos, vor allem in dem düsteren Hafenviertel, das stets in Nebel gehüllt ist:
Manx McCatty, ein Rauhbein der ganz besonders hartgesottenen Art, dem jedoch das Herz auf dem rechten Fleck sitzt, hat erschnüffelt, daß Tabby Tonelli, Anführer der berüchtigten Organisation *Gato Nostro,* in finstere Machenschaften verwickelt ist.
Nun heißt es wachsam sein, da McCatty einer ganzen Schar finsterer Gesellen allein gegenübersteht. Es geht um Erpressung und diverse Betrügereien und seit kurzem auch um den Import von Katzen aus aller Herren Länder, mit denen Tonelli seine Truppe auf Vordermann bringen will, koste es, was es wolle.
Diesem Bösewicht das Handwerk zu legen, ist McCattys größtes Ziel. Und davon läßt er sich von nichts und niemandem abhalten. Einzig die schöne Pasha, eine geheimnisvolle Perserin mit silbrig glänzendem Fell, könnte ihm bei seinem Vorhaben zum Verhängnis werden ...

Ein origineller, äußerst unterhaltsamer Krimi um eine bunt gemischte Schar von ausgekochten Katzenkumpanen, geschrieben in einer deftig-gehaltvollen Sprache, jedoch nicht ohne eine ordentliche Prise Witz und Raffinesse.

BASTEI LÜBBE

Sie erhalten diesen Band im Buchhandel, bei Ihrem Zeitschriftenhändler sowie im Bahnhofsbuchhandel.